Wish Books
무공을 배우자
10
목마 퓨전 판타지 장편소설
WISHBOOKS FUSION FANTASY STORY

무공을 배우다

CONTENTS

1장
만날 것 같다는

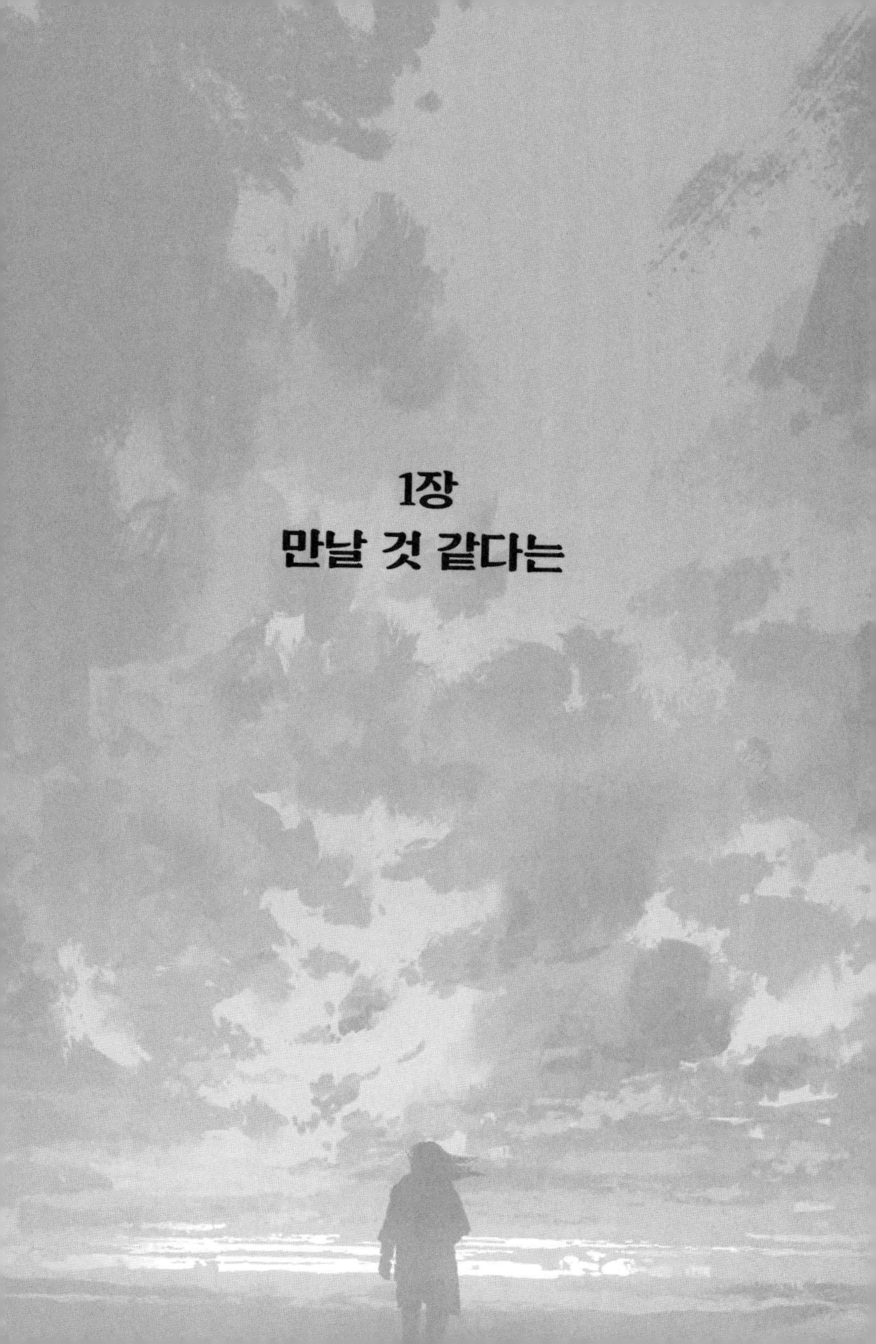

사라에게 커피나 마시자고 말하기는 했지만, 진짜 커피를 마시러 가지는 않았다. 피차 그런 기분이 아니었다.

유일하게 살아남은 팔로워의 이름은 마리오였다. 백현은 마리오의 어깨를 두드리며 말했다.

"협조 잘해주면 살려줄 수도 있어."

"저…… 정말입니까?"

"응. 어디까지나 협조를 잘해주었을 때의 이야기지만 말이야. 알겠어? 괜히 구라 치다 걸리면 뒤지는 거야."

목소리도, 표정도 살벌하진 않았다. 하지만 마리오는 그 말 한마디에 덜덜 떨면서 고개를 몇 번이나 끄덕거렸다.

고스트에 카르텔 짓까지 하면서 온갖 험한 일을 겪었다. 하지만 그가 겪은 험한 일 중에서 손짓 한 번으로 열 명의 팔로워를 터뜨려 대는 괴물을 상대하는 일은 한 번도 없었다.

'사도는 아니고…… 대체 누구지?'

안 돌아가는 머리를 굴려본다. 그가 아는 한 저렇게 생긴 사도는 없었다. 그렇다면?

생각을 조금 더해서 도달한 추측은 너무나도 섬뜩해 식은 땀이 났다.

그러고 보면 조건이 딱 맞았다. 어떤 군주의 권능과도 맞지 않은 힘. 불꽃과 냉기를 뿜어대는 여자…….

그런데 얼굴은 둘째치고 인종부터가 다르지 않나?

"뭔 생각하냐?"

"아, 아닙니다."

대놓고 물어보고 싶어도 무서워서 못 물어보겠다.

백현은 땀을 삐질삐질 흘려대는 마리오를 보면서 고개를 갸웃거렸다. 똥이라도 마려운 걸까.

"화장실 가고 싶으면 말해."

"아직은 괜찮습니다……."

"괜히 참다가 싸지 말고. 난 똥 냄새 맡기도 싫고 너한테 새 팬티 가져다주기도 싫어."

"예……."

마리오를 데리고 온 것은 그가 테베스의 은거지를 알고 있어서이기도 했지만 그게 전부는 아니었다. 아직 마리오나 팔로워에게 물어보고 싶은 것들도 남아 있다.

"한 명 더 있다고 했었지?"

"……예?"

"아까 너희들이 말했잖아. 이름이 뭐더라, 브로커."

"다고 말입니까?"

"어, 그래. 걔가 없어졌다며?"

"형님들이 한 일 아니었습니까?"

마리오가 당황해 물었고, 백현의 눈썹이 찡그려졌다.

그는 홱 고개를 돌려 마리오를 쳐다보았고, 마리오는 흠칫 놀라 어깨를 움츠렸다.

"네 면상으로 날 형님이라 부르는 건, 내가 그렇게 삭아 보인단 뜻이지?"

마리오로서는 억울한 일이었다. 지금 백현은 마법으로 인종과 얼굴이 바뀌어 있었고, 그 얼굴은 아무리 적게 잡아도 서른은 넘어 보였기 때문이다.

"그, 그럴 리가요."

"확 진짜. 어쨌든 난 다고를 없앤 놈이랑 아무 관계 없어. 넌 뭐 아는 거 있냐?"

"없습니다……."

거짓말이 아니었다. 이 일에 연관된 브로커는 헤도르뿐이다. 다고는 정말 단순히 이 도시에서 소량의 마약을 판매하는 말단 브로커에 지나지 않았다.

"일단 다고의 집으로 안내해."

정황상 다고는 죽은 게 분명했다. 하지만 '없어졌다'라고 한 것을 보면, 그 자리에 시체도 남지 않았다는 뜻이리라.

백현이 가진 재주 중에서 이런 상황에 써먹을 만한 재주는 없었다. 하지만 그런 재주를 가지고 있는 사람은 알고 있다.

"체브랑 테베스는 원래 사이가 안 좋았어?"

"그런 낌새는 느낀 적이 없었습니다. 저희도 체브에게 불려가 명령을 듣고 나서, 왜 체브가 테베스를 치려 하는지 의아해했으니까요."

"그런 주제에 시키는 대로 잘했네."

"까라면 까야죠……. 체브는 이 일을 시키면서, 테베스가 계시자에 어울리지 않는다고 말했습니다. 우리는 그것보다는 콜롬비아의 거대한 마약에 욕심을 둔 것이라고 생각했죠."

콜롬비아와 이 일대의 마약은 '고작'이라고 할 정도는 아니지만, 신이며 계시자를 운운한 놈의 욕망치고는 너무 저열하지 않은가.

그래도 이거 하나는 알 수 있었다. 신이니 뭐니 떠들어대는 팔로워도. 특별하다는 계시자도. 죄다 자기 욕망만 따지고 서로의 뒤통수를 치는 개판의 개새끼에 지나지 않았다.

마리오가 안내한 다고의 집은 허름한 주택가에 껴 있는 맨션, 그곳의 3층 방이었다.

잠기지 않은 문을 열고 들어가니, 도둑이라도 든 것처럼 엉망으로 헤집어져 있는 방 풍경이 보였다.

"저희가 한 겁니다."

슬쩍 쳐다보니 마리오가 즉시 대답했다. 백현은 구린내 나는 침대 위에 걸터앉았다. 팔다리가 부러진 마리오는 백현의 허공섭물에 의해 공중에 둥둥 떠 있었고, 사라는 앉지 않고 입술을 꾹 다물고 서 있었다.

조금 기다리고 있자, 창문이 벌컥 열렸다. 마리오는 흠칫 놀라 그쪽을 돌아보았지만, 백현과 사라는 조금도 놀라지 않았다.

"오라고 해서 왔다만."

창문으로 들어오는 것은 하베스였다. 그도 엑토플라즘 마스크로 전혀 다른 얼굴을 하고 있었다.

"너무 허름한 숙소를 잡은 것 아닌가? 난 여기서 자기 싫은데."

"누군 자고 싶은 줄 알아? 그것 때문에 부른 것 아니니까 걱정 마."

부른 이유에 대해 설명해 주며, 할 수 있느냐고 물어보았다.

가만히 이야기를 듣던 하베스가 헛웃음을 흘리며 고개를 끄덕거렸다.

"쉽지."

하베스가 손가락을 들어 올렸다. 그 끝에 검은빛이 맺히더니, 물방울처럼 아래로 떨어졌다.

"가장 최근에 죽은 놈이면 되겠지?"

하베스는 그렇게 중얼거리면서 뻗었던 손가락을 접었다. 그러자 바닥에 떨어진 빛이 다시 위로 솟구쳤다.

"유, 유령이다!"

"틀린 말은 아니군."

마리오가 질러대는 비명에 하베스는 콧방귀를 뀌었다. 악몽의 결정자의 사도인 그에게 죽은 혼을 불러내는 일은 쉬워도 너무 쉬운 일이었다.

하베스의 부름을 받아 나타난 다고의 혼은 아무런 말도 하지 않고 멍하니 서 있었다.

그의 이마에는 시커멓게 빛나는 각인이 새겨져 있었다. 불러낸 혼이 날뛰는 일 없이, 술자의 말에 충실히 따르도록 하는 복종의 각인이었다.

"누가 널 죽였나?"

-……모르는…… 얼굴……. 처음 보는…….

"거짓말하는 거 아니야?"

"저 각인이 새겨진 이상, 죽은 혼은 절대로 거짓말을 하지 않는다. 정말 모르는 모양이야."

혹시나 싶어서 물어보았지만 하베스는 고개를 저었다.

"그럼 어떡해?"

"다 방법이 있지. 혼을 불러내는 게 재주의 전부인 줄 아나?"

하베스가 손짓하자 다고의 혼이 움직였다. 하베스는 앞에 멈춰 선 다고의 머리를 향해 주저 없이 손을 쑤셨다.

"기억을 읽어보지."

방 안의 풍경이 일렁거렸다. 이미 깊은 밤인데도 방 안이 햇빛으로 밝아졌다. 다고가 죽기 직전의 기억이 이 공간에 덧씌워진 것이다.

처음 보는 얼굴의 여자가 다고에게 무언가를 캐물어대고 있었다. 그녀가 묻는 것은 백현이 팔로워에게 물었던 것들과 크게 다르지 않았지만, 연속된 질문 속에서 여자가 들은 것은 '팔로워'가 어떤 놈들인가에 대한 것뿐이었다.

여자는 아는 것이 적은 다고에게 헤도르를 불러오라고 시켰고, 헤도르의 답장이 돌아오지 않자 다고를 죽이고 떠났다.

여자가 방을 떠나기 전까지. 백현은 그 여자의 얼굴을 빤히 쳐다보았다. 처음 보는 얼굴이다. 기억을 모두 뒤져보아도 저런 얼굴을 본 적은 없다.

하지만 저 눈. 어디서 본 것 같은데, 어디서 봤더라.

'헤루샤.'

기억났다. 민얼굴을 본 적은 없지만, 저 눈빛은 히잡 아래의 헤루샤의 눈과 똑같았다.

목소리를 듣고도 알아차리지 못했던 건, 백현이 헤루샤의 목소리를 한 번도 들은 적이 없기 때문이었다.

'그녀가 왜?'

순간적으로 떠오른 의문이었지만 곧바로 답을 내릴 수 있었다.

헤루샤는 암막의 주인의 예비 사도다. 팔로워가 된 고스트 대부분은 암막의 주인과 계약한 놈들이니, 헤루샤는 고스트들의 길드나 카르텔과도 연관이 있을 수밖에 없는 입장이다.

팔로워에 대해 캐묻던 것을 보니 헤루샤와 암막의 주인도 팔로워와 관계된 사태에 대해 아는 것이 없는 모양이었다.

'하나 더.'

군주는 하고자 한다면 권속을 눈과 귀로 삼을 수 있다. 즉, 암막의 주인은 팔로워에 관해 아무것도 모르고 있었다.

"군주와의 계약이 완전히 끊어지는 게 일어날 수 있는 일인가요?"

잠시 생각하던 백현은 의문을 입 밖으로 내었다. 이것은 그가 고민한다고 해서 알 수 없는 일이었다.

[어떤 의미로 하는 말이야?]

샤나크의 어깨에 매달려 있던 봉제 인형이 대답해 주었다. 백현은 봉제 인형에게 팔로워에 대한 것들을 설명해 주었고, 마리오를 불러 상태창까지 열어 확인시켜 주었다.

[이런 건 또 처음 보네.]

봉제 인형이 놀란 목소리로 중얼거렸다.

'이럴 수도 있어요?'

[……흠. 나는 당해본 적이 없지만, 불가능한 일은 아니라고 생각해. 경우가 다르기는 하지만 중복 계약은 흑마법사들 사이에서 꽤 흔하거든.]

'그게 뭔데요?'

[쉽게 말하면 이런 거야. 원래 자기가 계약을 맺었던 존재보다 상위 격의 존재와 새로이 계약을 맺고, 기존의 계약을 소멸시키는 거지.]

'그럴 수도 있는 거예요?'

백현은 이런 분야에 관해서는 까막눈과 다름없었다. 봉제 인형은 으스대는 것을 감추지 않으며 말을 이었다.

[신격이라고 해서 다 똑같은 급인 건 아니니까, 하려 든다면 할 수도 있겠지.]

'악몽의 결정자 님도 할 수 있어요?'

[으음…….]

방금 전까지만 해도 으스대던 봉제 인형이었지만, 이번 질문에는 눈에 띄게 시무룩함을 보였다.

[……꽤 많은 것을 공양받는다면 할 수야 있겠지만…….]

'공양?'

[나 좋자고 하는 계약도 아닌걸. 보통 저런 계약에는 그에 마

땅한 공양을 받아야 한다고. 그런데 저 팔로워라는 놈들…… 공양도 하지 않았지? 일방적으로 계약을 당한 거잖아.]

'그렇죠.'

[게다가 한 명도 아니고, 확인된 것만 해도 수백 명이야. 암막의 주인이 높은 격을 가진 신격은 아니지만, 저만한 권속을 빼돌리는 건 리스크가 너무 커.]

'못 한다는 거죠?'

[……꼭 확답을 들어야겠어? 그래, 못 해! 뭐 하러 그런 짓을 해?]

봉제 인형이 붕붕 주먹을 휘둘렀다. 백현은 뺨을 툭툭 치는 솜방망이 주먹을 맞아가며 물어보았다.

'그럼 누가 저런 일을 할 수 있을까요?'

[……굳이 꼽자면 역천자.]

가면을 쓰고 다니는 놈. 호른 이후로 얌전히 지내나 싶었는데, 이번엔 이런 식으로 사고를 친 모양이다.

[역천자는 술과 마도의 종주야. 특히 놈은 사역(使役)에 정통하지. 놈의 술법은 이치를 속이는 사도(邪道)의 극한이야. 응…… 역천자라면 저런 짓을 벌이면서도 리스크를 최소한으로 줄이거나, 아예 다른 곳에 떠넘길 수도 있을 거야. 하지만…….]

봉제 인형은 그 결론에 만족하지 않았다.

[조금 의문인 건, 이게 일반적인 계약이 아니라는 거지. 저

놈들의 상태창에는 역천자의 이름이 없잖아? 아무리 술법의 종주라 해도 저런 계약은 불가능할 텐데.]

'놈들이 써대는 권능은 어떻게 생각해요?'

[그것 때문에 매끄럽게 연결을 못 하겠어. 일단 계약을 맺고 새로이 권능을 준다면, 놈들이 사용하는 건 당연히 역천자의 권능이어야 해. 그런데 저 녀석들, 술법을 쓰지 않고 마법이나 체술을 썼다며?]

'그랬죠.'

[전혀 다른 권능을 창조해 내는 것은 불가능할 텐데…… 내가 기억하는 군주 중에서 그렇게 다양한 권능을 쓰는 놈은 셋뿐이야.]

'누군데요?'

[위치엔드, 헌드레드, 유계의 방랑자.]

둘은 만난 적 없는 놈들이지만, 재생의 뱀에게 들어서 알고 있기는 했다. 마룡왕이나 천존처럼 5년 전에 혼돈에 삼켜진 군주들이다.

[역천자가 이런 일을 벌였다고 생각해?]

'일단은요. 왜 이런 짓을 벌였는지는 모르겠지만.'

새삼 후회가 들었다.

지난번에 마룡왕과 만났을 때, 역천자가 어디에 있는지 물어나 볼 걸 그랬다. 아니면 그때 함께 깨어난 군주들에 대해서나.

죽은 천존을 제외하고 깨어난 군주 중 백현이 파악하고 있는 건 마룡왕과 검무희뿐이고, 헌드레드와 유계의 방랑자가 마룡왕처럼 이성을 유지하고 있는지는 알 수 없었다.

"어떻게 할 거야?"

생각에 잠긴 백현을 향해 사라가 다가왔다. 백현은 정신을 차리고 고개를 들었다.

'내일쯤인가?'

헤루샤가 방을 떠나며 중얼거렸던 말.

"내가 굳이 찾으러 가지 않아도 만날 수 있을 것 같은데."

백현은 창밖을 쳐다보았다.

암막의 주인과 혈사자의 관계.

왠지 내일 카르파고를 만날 것 같다는 기분이 들었다.

2장
각자 전문 분야가 있는 거야

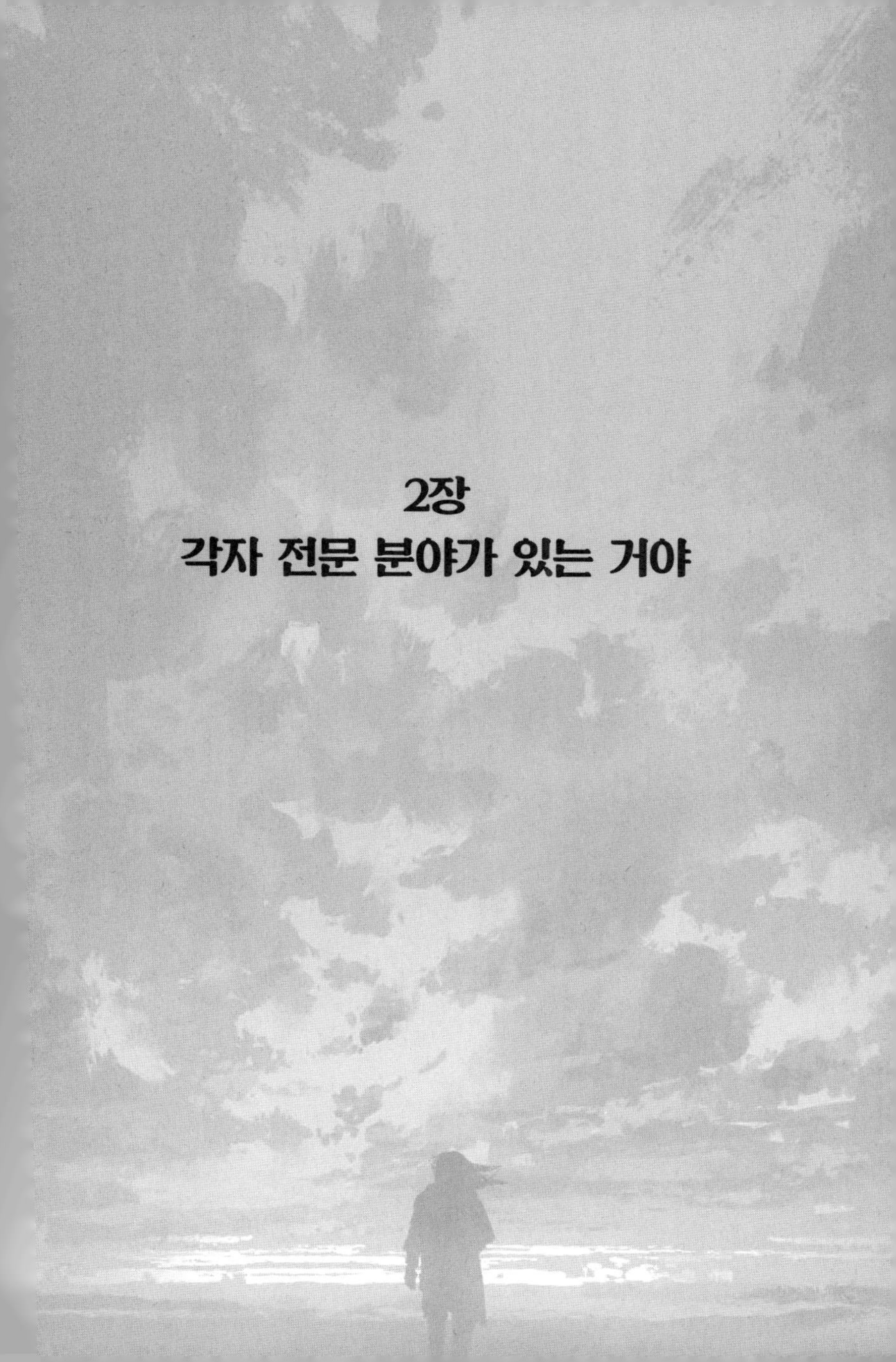

날벌레의 왱왱거리는 날갯짓과 산새의 지저귐을 꽤 오랫동안 들었다. 들은 장소는 이곳이 확실했지만, 이곳에는 아무도 없었다.

'설마 농담으로 한 말은 아니겠지.'

그늘에 웅크려 앉은 헤루샤는 순간적으로 든 생각에 제법 강하게 얽매였다. 그녀의 주군은 그 웃기지도 않을 농담을 실천할 만한 위인이었다.

혈사자의 사도, 카르파고. 스페인 국적의 그는 사도가 되기 전부터 유명했다.

대부분의 사도는 정식 사도가 되면서 헌터로서의 활동을 급격히 줄이는데, 카르파고는 사도가 된 후로 자숙 정도가 아니라 아예 개과천선을 한 것처럼 사람이 바뀌었다.

헌터였을 때의 카르파고는 스페인에서 가장 높은 레벨의 헌터였고, 그에 따라 국가 차원의 지원을 받고 있었다.

당시의 카르파고는 국제적인 망나니라 해도 과언이 아니었다. 배우, 모델, 가수를 망라한 난잡한 스캔들이 끊이질 않았고, 수십 번에 달하는 폭력 사태의 주인공이었다.

그런 행각도 예비 사도가 된 후부터는 뚝 끊어졌지만, 사람이 어디 근본적으로 바뀔 수 있을까? 헤루샤는 카르파고가 결코 선한 사람이 아니라는 것을 잘 알고 있었다.

-보이는군.

바닥에 내려놓은 수정구에서 목소리가 들렸다.

헤루샤는 흠칫 놀라 고개를 들었다. 수정구는 보인다고 했으나, 주변에는 아무도 없었다.

그때 그것이 거센 바람을 일으키며 갑자기 나타났다.

화아악!

몰아치는 바람이 숲을 뒤흔들었다. 그리고 적갈색의 구체가 하늘에 나타났다.

구체의 아래에서 빛기둥이 떨어졌다.

"……오셨습니까?"

헤루샤는 당황한 기색을 숨기며 고개를 숙였다. 붉은 갑주를 입은 카르파고가 빛기둥에서 걸어 나왔다.

그는 헤루샤를 보며 입매를 비틀어 웃었다.

"민얼굴은 처음 아닌가? 생각보다 반반한걸."

"……감사합니다."

"얼굴을 보여주는 건 뭔가의 어필인가 봐?"

"이 나라에서는 너무 눈에 띄니까요. 산토리니에서는 정체를 숨기기 위해 입었던 겁니다."

헤루샤는 여전히 머리를 조아리고서 카르파고의 이죽거림을 받아넘겼다.

카르파고는 헤루샤의 몸매를 위아래로 한번 훑고 히죽 웃었다.

"뭐, 좋아. 그래서…… 따로 알아낸 건 어제 들은 게 전부인가?"

"예."

어제 브로커 하나를 잡아 심문하면서 들은 것들. 그리 대단한 내용은 아니지만, 메데인의 고스트 카르텔이 팔로워라는 놈들에게 점령된 것은 틀림없는 사실이다. 헤루샤가 파악한 것은 거기까지가 전부였다.

그것으로 충분했다. 마약 농장의 위치쯤은 원래부터 알고 있었다. 어차피 말단 브로커를 족쳐봐야 적의 근본에 대해서는 파악할 수 없다.

독단으로 행동하기에는 위험하다 싶었지만, 카르파고가 온 이상 거리낄 것은 없다.

"……저건 뭡니까?"

"혈사자의 공중함(空中艦) 중 하나다."

즉, 신물(神物)이라는 것이다.

카르파고는 아직 이어져 있는 빛기둥으로 다시 들어가며 헤루샤에게 손짓했다.

"와라."

"네."

헤루샤와 카르파고를 삼킨 빛기둥이 다시 공중함으로 되돌아갔다.

짧은 부유감이 끝난 뒤, 헤루샤가 가장 먼저 맡은 것은 짙은 술 냄새였다.

헤루샤는 주변을 둘러보았다. 널브러진 술판에서 백 명은 족히 넘을 것 같은 사람들이 헤루샤를 쳐다보고 있었다. 향해오는 시선들은 절제를 모르는 짐승처럼 매서웠다.

"저들은 누굽니까?"

"내 부하들이지."

마타도르. 혈사자와 계약한 헌터들로만 이뤄진 카르파고의 길드. 헌터로서도 최상위에 드는 전원이 이 한자리에 모여 있었다.

"그거 아냐?"

카르파고는 히죽 웃으며 헤루샤를 지나쳤다. 아찔한 의상을 입은 여자가 다가와 카르파고에게 술잔을 건넸다.

"이 도시에 온 건 너뿐만이 아니야. 그 새끼도 와 있다더군."

"예?"

"고스트 길드들이 습격당했다는 건에 대해서 관리국에 물어봤는데. 놈들이 백현 그 새끼에게 이 일을 맡겼다고 하더라고."

독한 술을 물처럼 들이켰다.

"겸사겸사라고 생각하자고. 사냥은 오랜만이기도 하니까 말이야."

"설마. 그 남자를 공격하시려는……?"

"어어어, 누가 들으면 오해할 소리 하지 마. 내가 그 새끼를 왜 공격하겠어?"

카르파고는 빈 술잔을 흔들며 낄낄 웃었다.

"뭐, 세상일이 어찌 되는지는 모르는 거지만."

밤이 지났음에도 마리오는 도망치지 않았다. 팔다리를 부러뜨려 놓기는 했지만, 도망치려 했다면 어떻게든 할 수 있었을 것이다. 정 못한다면 어비스로라도 도망쳤겠지.

'그건 좀 아쉽네.'

백현은 진심으로 그렇게 생각했다. 아라크네에 추가해 둔 마법을 사용할 수 있는 기회라고 생각했는데, 마리오가 도망치지 않은 덕에 써볼 수 없게 되었다.

"테베스는 농장 근처의 화려한 별장에서 지내고 있습니다."

도망쳐야겠다는 마음이 없었던 것은 아니다. 하지만 천공성을 본 순간. 그런 마음은 깨끗하게 사라졌다.

못 알아볼 수가 없었다. 어떻게 얼굴과 인종을 바꾼 것인지는 모르겠지만, 천공성의 모습은 전 세계에 방송되어 마리오도 잘 알고 있었다.

백현. 그 사람 같지 않은 괴물이 상대였다. 편집이 가미된 영상이라지만, 백현이 산토리니에서 천존을 어떻게 죽였는지 보았다. 마리오는 그렇게 처참한 죽음을 맞이하고 싶지 않았다.

"정확하진 않지만, 테베스의 별장 근처 숙소에는 200명 정도의 팔로워들이 살고 있습니다."

"팔로워 말고는 없어?"

"네. 농장을 차지한 뒤로 대대적인 숙청을 했거든요. 아, 헌터만 있는 것은 아닙니다. 민간인들도 있어요."

"민간인?"

백현이 고개를 돌리며 물었다. 마리오는 그 시선에 찔끔 놀랐지만, 솔직하게 대답해 주었다.

"카르텔이 농장을 경영하기는 하지만, 그렇다고 밭일을 하는 건 아니라서요. 콜롬비아의 마약 농장은 카르텔의 관리를 받는 마을 주민들로 운영됩니다."

예전부터 그랬다. 이 나라의 마약 카르텔은 마을 주민들을 노동자로 쓰고 있다. 일방적인 착취는 아니다. 카르텔은 도시에 살지 못하는 마을 주민들을 위해 여러 가지 일을 한다.

"난 그래서 이 나라가 싫다."

샤나크가 중얼거렸다.

"놈들은 지들이 정의로운 일을 한다고 생각하거든. 빈민들을 위한 집을 짓고, 축구장과 학교 따위를 지으면서. 뭣 모르는 빈민들은 마약을 만들면서 카르텔을 옹호하지. 영웅이니 뭐니 하면서."

샤나크의 눈에 경멸이 스쳤다.

"현상금 헌터 일을 하던 시절에 나를 가장 미워하던 것은 고스트가 아니라 놈들에게 선동당한 빈민들이었어. 나도 딱히 정의를 위해 현상금 헌터 일을 한 건 아니지만, 떠들어대는 욕을 듣자니 짜증 나더군. 그렇다고 다 죽일 수도 없고."

딱 거기서 끝냈으면 좋았을 텐데.

샤나크는 다리에 올려둔 기타를 뜯으며 노래를 흥얼거렸다.

갑작스레 시작된 끔찍한 곡조에 마리오와 사라의 얼굴이 일그러졌다.

"세상을 바꾸고 구제하는 것은 마약과 돈이 아닌 음악이다."

"넌 뜬금없이 개소리를 하는구나."

"진심으로 하는 말이다. 아직은 미약하지만, 세상 어딘가에는 나의 노래를 듣고 희망을 갖는 사람들도 존재할 거다. 그들이야말로 진정한 리스너라고 할 수 있지."

단순히 관심에 목마른 미친놈인 줄 알았는데. 심적으로는 그리 나쁜 놈이 아닐지도 모른다는 생각이 들었다.

"전부 죽일 셈이냐."

기타를 뜯던 손이 멈췄다.

"네게 있어서는 쉬운 일이겠지. 그런데, 놈들을 죄다 죽여 봤자 변하는 건 없을 거야. 이 나라에서 생산되는 마약은 황금알을 낳는 거위다. 놈들을 청소해 봤자 거위가 배가 갈라져 죽는 것은 아니야. 거위 주인이 되고 싶어 하는 놈들이 금방 나타나 자리를 대체할 거다."

"그건 내 알 바가 아니지."

백현은 투덜거리며 대답했다.

"난 팔로워를 잡으러 온 거지, 이 나라를 올바르게 바꾸려고 온 게 아니라고. 사람마다 각자 전문 분야가 있는 거야. 난 싸우는 쪽이 전문이지, 정치나 복지 쪽의 전문가는 아니야."

"그건 나도 안다."

"알면서 왜 물어? 팔로워를 치워주면 관리국이나 정부가 알아서 하겠지."

애초에 관리국은 고스트 길드를 파악하고 있으면서 묵인하고 있었다.

그게 나쁘다는 생각은 안 한다. 봐주는 선에서 통제하고 있고, 팔로워가 나타나기 전까지는 별문제가 벌어지지 않았다. 가끔 튀어나온 송곳 같은 놈들이 현상금 헌터에게 잡혀 죽을 뿐이다.

그런데 팔로워는 너무 많이, 너무 날카롭게 튀어나왔다. 어지간한 장도리로는 못을 뽑을 수도, 박아 넣지도 못할 것이다.

"넌 가끔 보면 신기해."

백현의 말을 듣던 샤나크는 쿡쿡 웃음을 흘렸다.

"인간성이 옅은 것 같으면서 어떨 때는 굉장히 인간적이지. 어떤 면만 마모되고, 어떤 면은 강하게 붙들고 있어. 그게 연기라고 생각하진 않는다. 너는 굉장히 망가져 있는 거야."

"얼씨구."

"모든 사람은 자기가 하려는 일에 책임감과 죄책감을 갖는다. 네가 나서서 팔로워를 몰살시키면, 그로 인해 불행해지는 사람들도 있을 거다. 당장 빈민들은 카르텔의 농장에서 일하는 것 외에 살기 각박한 놈들이야. 그래서 카르텔의 보스가 영웅 대접을 받는 거고."

"무슨 말을 하고 싶은 건데?"

"난 그게 싫었다. 감당하고 싶지 않았어. 내가 한 일들. 내가 잡아 죽인 고스트들. 놈들에 얽힌 인과 관계. 너 때문에 직업을 잃었고 마을이 몰락했다고 떠드는 비난을 듣고 싶지 않았다."

"그래서 그만둔 거야?"

"더 할 필요가 없기도 했지. 내가 현상금 헌터 일을 하던 건, 몬스터를 죽이는 것보다 사람을 죽이는 것을 악몽의 결정자가 더 기뻐했기 때문이다."

그 말에, 백현은 소파에 앉아 있는 봉제 인형을 쳐다보았다. 시선을 느낀 봉제 인형이 대답했다.

[네크로맨서는 죽음을 이해해야 해. 이해하기 위해 가장 빠른 길은 그게 뭔지 정확히 알며, 익숙해지는 것이지. 그렇다고 모든 사람을 죽이는 것을 기뻐한 것은 아니야. 죽어도 될 놈들은 구분했어.]

'어떻게 구분했는데요?'

[내 관점에서 죽는 게 나을 놈들.]

대답하는 것은 푼수기 넘치는 봉제 인형의 자아가 아니었다. 무수히 많은 세월 죽임을 자행하고 죽음을 이해해 신격에 도달한 흑마법사이자 네크로맨서의 자아였다.

[그걸 구분하지 않는다면 본인이 견뎌낼 수 없는 법이야.]

"나도 구분하고 있어요."

백현은 피식 웃으며 대답했다. 자신이 비정상이라는 건 안다. 그걸 유쾌하게 받아들이고 있지는 않다. 도원경에서의 생활은 백현을 그렇게 만들었다.

그렇다고 해서 도원경에서의 생활이 끔찍했나? 아니, 그곳에서의 생활은 백현의 기억에서 손꼽히는 행복한 시절이었다.

백현은 자신이 망가졌다는 것을 안다. 인간성의 어떤 면들이 마모되었다는 것을 안다. 마모되지 않은 부분이 있다는 것도 안다.

그래서 소중하게 여기는 것이다. 마모되지 않았으니까.

"책임을 회피하는 게 아니야. 할 거면 확실하게. 어설프게 신경 쓰면 그거야말로 위선이지. 말했잖아. 나는 싸우는 게 전문이라고. 난 나 하고 싶은 대로 싸우고, 내가 못 하는 것들은 다른 잘하는 사람한테 떠넘길 거야."

무책임하게 들릴지라도.

"그래도 이건 확실한 거잖아. 쟤들이 개새끼라는 거. 카르텔이 마약을 팔아대며 구제하는 사람들보다 놈들이 파는 마약으로 불행해진 놈들이 훨씬 많을걸."

악몽의 결정자는 자기 관점에서 죽는 게 나을 놈들을 죽였다고 했다. 그걸 구분하지 않는다면 본인이 견뎌낼 수 없는 법이라고도 했다.

백현도 똑같았다. 그는 구분하고 있었고, 저들이 죽는 게 낫다고 생각하고 있었다.

"……다 왔습니다……."

마리오가 떨리는 목소리로 말했다.

백현은 소파에서 일어나 창문 앞에 섰다. 저 아래에 광활한 마약 농장이 보였다.

"수고했어."

그 말에 마리오의 어깨가 파들거렸다. 협조하면 죽지 않을지도 모른다고 생각했다.

하지만 정말 그럴까? 방금 들은 이야기에서…… 저 괴물의 관점에서 나는 죽어 마땅한 놈이 아닌가?

"죽이지는 않을 거야."

하지만 백현은 그렇게 말했다.

오가는 대화를 통해 깊이 생각하고 있던 사라가 백현을 쳐다보았다.

"죽는 게 낫다고 생각한다고 해도 꼭 죽일 필요는 없지."

질문 없는 시선에 대한 대답인 양. 백현이 말을 이었다.

"가, 감사합니다……!"

"뭘 감사까지야. 그렇다고 착각하지는 마. 난 널 관리국에 갖다줄 거거든."

천공성의 창문이 열렸다.

"그럼 관리국이 널 알아서 처리하겠지. 듣자 하니 고스트를 가두는 감옥도 있다더라고. 거기 가기 싫으면 나 없는 동안 도망치면 돼. 난 널 여기 두고 갈 거니까."

"나도 여기 있을 거다."

샤나크가 대답했다.

백현은 낄낄 웃으며 샤나크를 돌아보았다.

"만약에 쟤가 도망친다면, 그냥 내버려 둬."

백현의 눈이 마리오를 향했다.

"알았지? 감옥에 가기 싫으면 도망치면 돼. 어비스도 좋고. 아마…… 오래 걸리지는 않을 거야."

"무…… 뭐가 말입니까?"

"내가 도망친 널 잡는 것 말이야. 그 뒤에 어떻게 될지는 알아서 생각하고."

죽는 것보다는 감옥이 낫다.

마리오는 하얗게 질린 얼굴을 연신 끄덕거렸다. 그걸 본 백현은 한번 히죽 웃고서 창틀에 발을 올렸다.

"그래도 넌 나은 거야."

창문 밖으로 뛰어내리기 전에, 백현은 그렇게 말했다.

"쟤들은 감옥도 못 가고 도망도 못 칠 테니까."

백현은 아래로 떨어지며 농장 전체를 보았다. 헌터도 되지 못한 노동자들이 보였다. 곳곳에 그들을 감시하는 듯한 팔로워들도 보였다.

어제 느꼈던 찝찝한 기분.

지금 생각해 보면, 어제는 '구분'을 제대로 하지 못했던 것 같다. 하지만 지금은 아니었다. 샤나크와 악몽의 결정자에게 들은 말은 백현이 느꼈던 얕은 미혹에서 스스로 답을 구하게 만들어주었다.

그러니 앞으로 그걸 다시 느낄 일이 없을 것이다. 그건 틀림없는 확신이었다.

'처음이 어려운 거야.'

농장에서 떨어진 커다란 별장으로 방향을 잡았다.

스치는 바람이 기분 좋았다. 잘하는 일을 잔뜩 할 수 있다. 계시자라고 나대는 놈이 얼마나 강할까 하는 흥미가 흥분을 일으켰다. 또, 또, 또…….

'넌 어쩔래?'

이 지역으로 다가오는 거대한 힘.

백현은 카르파고를 느끼며 웃음을 머금었다.

내가 놈을 알아차린 것처럼 놈도 나를 알아차렸을까.

그건 알 수가 없었다. 알아차린 것은 기척뿐. 시선은 느껴지지 않았고, 당연히 감정도 읽을 수가 없었다.

그래도 모르지는 않을 거라고 생각했다. 지금의 백현은 확실한 존재감을 내뿜고 있다. 평범한 놈도 아니고 혈사자의 사도인 놈이니, 그 정도 눈치는 당연히 있을 것이다.

'혼자 온 것도 아니야.'

많이도 데려왔다. 느껴지는 기척만 수백 명이고, 모두가 최상위로 구별될 헌터들이다.

관리국 소속일 리는 없고 카르파고 개인이 끌어들인 헌터들. 그렇다면 놈이 이끌고 있는 길드원들인가? 그렇게 거창하게 나올 사안도 아니라고 생각하지만.

"그냥 둘 거야?"

"아직 아무것도 안 했잖아."

카르파고 쪽을 힐긋거리던 사라가 물었다. 백현은 그렇게 대답하며 아래로 하강했다.

이쪽이 나서서 카르파고를 압박할 이유는 당장은 없었다. 그러니, 지금은 원래의 목적에 충실하면 된다.

터억.

백현과 사라는 동시에 착지했다. 정원으로 이어지는 대문은 굳게 닫혀 있었다.

'설마 아직 알아차리지 못한 걸까.'

백현은 귀찮은 티를 내며 손을 휘저었다.

꽈앙.

무너진 대문이 일으킨 흙먼지가 가라앉기도 전에. 백현과 사라는 저택의 문 앞에 와 있었다.

활짝 연 기감과 심안이 저택 안의 기척들을 감지했다. 부산한 움직임들.

이미 늦었지만, 상황을 파악한 모양이다.

"어제처럼은 하지 마."

문을 열려는 순간, 사라가 내뱉은 말이 백현을 붙잡았다.

"어제처럼이 뭔데?"

"날 배려하지 말라는 거야."

사라를 돌아보았다. 그녀는 가라앉은 눈으로 백현을 노려보고 있었다.

"네가 구분하는 것처럼 나도 구분하고 있단 말이야."

"피차 똑같잖아. 결국, 하는 건데, 누가 하는지가 중요한가?"

"중요해."

사라가 백현을 지나쳤다. 그녀는 닫힌 문에 손을 올리며 말했다.

"내가 느끼지를 못하잖아."

"뭘 느끼고 싶다는 건데?"

"내 과거랑 그게 얼마나 싫었는지를."

"네 원한은 알겠는데, 대상이 잘못된 것 아니야? 쟤들은……."

"넌 나에 대해서 모르잖아."

그 말이 백현의 가슴을 파고들었다. 모른다는 말.

사실은 알고 있다. 사라의 스승인 설화봉 유운려에게서, 사라가 어떤 삶을 살아왔는지를 이미 들었다.

하지만 사라의 입으로는 제대로 듣지 못했다. 백현이 사라에게 들은 것은, 그녀가 살았던 세상이 살기 좋은 곳이 아니라는 것이 전부였다.

"물어보지도 않았고."

"말하고 싶지 않아 하는 것 같아서."

"나는 네 모든 걸 알고 싶어. 네가 말하고 싶지 않아 하는 것들까지, 전부."

"그건 좀 부담스러운데."

너털웃음을 섞어 대답했다. 하지만 사라는 웃지 않았다.

"이 세계에서 나는 너밖에 없어."

빤히 보는 시선을 피하지 않았다.

"네가 나를 어떻게 여기는지는 몰라. 하지만 난…… 그게 어쨌든 간에, 네가 좋아. 네가 어떤 사람이어도 상관없어. 네가 가진 비밀이나 고민이나, 그런 모든 것들을 알고서 이해하고 받아들이고 싶어."

"난 널 알아."

백현은 씁쓸한 웃음을 지었다.

"네가 왜 저런 놈들을 싫어하는 건지도 알고. 네가 도원경에 오기 전에 어떤 삶을 살았는지 알아."

"스승님이 말해줬구나."

"널 많이 걱정하셨거든."

"응, 그건 괜찮아. 그래서 묻지 않았다는 거야?"

"떠올리고 싶지 않은 기억일 거라고 생각했어."

"그것도 맞아. 떠올리고 싶지 않았지. 지금은 떠올라 버렸어."

사라의 손에 천천히 힘이 들어갔다.

"털어낼 수는 없을 거야."

문이 열리기 시작했다.

"이렇게 한다고 개운한 기분이 들 것 같지도 않아."

열려가는 문틈 사이에서 흉흉한 살기들이 느껴졌다.

"네 말대로 대상이 잘못되었다는 것도 알아. 쟤들은 나와 관계없는 사람들이니까. 그래도 싫어. 내 안 좋은 기억들을 떠올리게 하잖아."

"하지만."

"난 어린애가 아니야."

문이 열린 순간에 복도에서 팔로워들이 뛰어나왔다.

백현이 나서기도 전에, 사라의 손이 먼저 움직였다. 흩날린 냉기가 도약한 팔로워들의 몸을 휘감았다. 그들은 즉시 얼어붙어서 땅에 떨어졌다.

"그러니 괜찮아."

사라가 고개를 돌려 백현을 쳐다보았다. 지금의 그녀는 백현이 잘 알고 있는, 평소와 같은 웃음을 짓고 있었다. 단순한 화풀이. 감정적인 소모는 아무것도 없다는 듯이.

"뭘 그렇게 봐? 여기는 내가 알아서 할 테니까, 너는 저 위로 가. 네가 관심 있는 건 그쪽이잖아?"

"지금은 너한테 더 관심이 있는걸."

백현은 사라와 같은 웃음을 짓지 않았다. 사라는 들으란 듯이 웃음소리를 냈다.

"마음에도 없는 소리 하긴. 나 진짜 괜찮다니까? 이게 뭐 얼마나 대단한 일이라고 해? 결론은 이거야. 나는 걔들이 싫어. 아무것도 말하지 않는 신을 팔아가며 자기 행동을 정당화하는 것도 싫고, 마약을 팔아대며 해를 끼치는 것도 싫어. 그러니까."

사라가 손을 들어 위를 가리켰다.

"가. 난 내 행동에 책임도 못 지는 어린애는 아니니까."

그렇게 말하고서, 사라는 성큼거리며 복도로 걸어 들어갔다.

쩌적!

그녀가 걸을 때마다 뿜어지는 냉기가 복도를 얼어붙게 만들었다. 최초에 습격한 팔로워들이 허망하게 당한 것에 굳어 있던 팔로워들이 슬금거리며 움직였다.

백현은 잠시 그 자리에 서서 사라의 등을 쳐다보았다. 그녀를 어린애라고 생각한 적은 없었다. 그렇게 여길 만큼 백현이 나이가 많은 것도 아니다.

다만, 이번 일들이 사라와 직접적인 연관이 없더라도 그녀의 트라우마를 자극한다고 생각했을 뿐이다.

사라는 백현이 어떤 사람인지 알고 싶다고 말했다.

백현이 느끼기에, 자신은 대단한 비밀이나 트라우마 같은 것을 안고 있는 사람은 아니었다. 그는 대부분의 일에 비밀이 없었고, 유별난 비밀이라고 해봐야 가끔 들리는 목소리 정도가 고작이었다. 귀찮은 것도 싫고 연기하는 것도 싫어서, 사라가 물어보는 거의 모든 것들은 평범하게 대답해 준다.

'사라는 어떨까.'

유운려에게 듣기 전까지만 해도 사라가 어떤 사람인지 궁금하지는 않았다. 그럴 필요가 없다고 생각했다. 과거는 별 의미가 없다고 생각했다. 결국, 그의 곁에는 사라가 있었으니 그게 중요하다고 여겼다.

유운려에게 사라의 사연을 들은 것은 결과적으로 사라에 대해 더 '잘' 알게 해주었다. 사라를 대하는 태도와 감정 등이 유운려의 이야기에 영향을 받기도 했다. 그녀의 성격이나 태도 등이 과거에서 비롯되었다는 것을 알았다.

그래서 난 사라의 전부를 알고 있는 건가? 설화봉 유운려는 사라의 전부를 알았을까?

백현은 자신이 어떤 사람인지 한번 생각해 보았고, 자신이 품은 의문들이 참 어이없다는 것을 알았다.

결국, 사람은 자기 자신도 전부 알 수가 없는데, 어떻게 타인을 전부 알 수 있단 말인가.

사라의 태도가 바뀐 것은 전태수가 팔로워의 영상을 보여준 후부터다. 그 영상이 사라의 트라우마를 자극했다.

하지만 저 적의가 보다 날카로워진 것은.

'신이 뭔데?'

'그 신이라는 놈이 너희한테 이렇게 하라고 시킨 거야?'

'이런 일들은 신이 아니라 너희가 하고 싶어서 한 거야. 그렇지?'

팔로워를 만든 '신'이라는 존재에 대해 들었을 때부터.

사라에게 있어서 신은 대체 어떤 존재일까.

"와, 이거."

백현은 실없는 웃음소리를 내며 위를 쳐다보았다.

습격은 이미 벌어졌고, 팔로워들이 대응하고 있다. 그런데 저 위의 '놈'은 뻔한 자신감을 보이며 아직까지 저곳에 남아 있었다.

"기분이 좀 구리네."

잘하는 일을 할 때는 언제나 신이 났는데.

아악!

복도에서 팔로워들의 비명 소리가 들렸다.

백현은 그쪽을 굳이 보지 않았다. 저건 사라의 일이었다. 그리고 '이건' 백현의 일이다.

백현이 저택 위로 뛰어오르는 것이 느껴졌다.

"이런 건."

사라는 작은 소리로 중얼거렸다.

"어릴 때도 했었어."

물론 그때는 불을 뿜지도, 냉기를 일으키지도 못했지만.

사라는 씁쓸한 기분을 느끼며 새카맣게 타버린 시체를 넘어, 더 앞으로 나아갔다.

스승에게도 말하지 못했던 기억들.

말하면 경멸받을 거라 생각했다. 시간이 흐르면서 스승이 이런 일로 실망하고 경멸할 사람이 아니라는 것은 알게 되었지만. 그래도 끝내 말하지는 않았다.

사라는 자신도 모르게 손목을 더듬었다. 옛날부터 그어댔던 상처는, 지금의 몸에는 아무 흔적도 남기지 않고 사라져 있었다.

"관리국이겠지?"

사치스러운 방이었다. 바닥도 벽도 금칠해 번쩍거리는 빛이 난다. 큼지막한 보석들은 단순 장신용으로 벽과 가구에 박혀 존재를 과시한다.

"아닌데?"

그 사치스러운 방에서. 거구의 남자는 넓은 소파에 다리를 쩍 벌리고 앉아 있었다.

적갈색의 피부는 기름이라도 처바른 것처럼 번들거리고 있었고, 금목걸이에 보석 반지를 손가락마다 가득 끼운 것이 졸

부처럼 보였다.

테베스는 그런 모습이었다.

그는 굵은 시가 끝을 자른 뒤에 입에 물었다. 손가락에서 튕겨 오른 불씨가 시가를 태웠다.

깊이 빨아들이고 숨을 뱉자, 뿌연 연기가 테베스의 얼굴을 휘감았다.

“그러면 모르겠군. 원한을 많이 산 것 같기는 한데, 그중에서 이렇게 거창한 습격을 주도할 의뢰주는 없을 거야. 아니면 너와 나 사이에 내가 모르는 개인적인 원한이라도 있었나?”

“너 따위가 살 만한 원한이라고 해봐야 동네 양아치들에 국한되어 있을 텐데. 내가 그런 양아치로 보여?”

그 말에 테베스는 껄껄 웃었다. 그는 여전히 앉아서 시가를 뻑뻑 피웠다.

“날 아나?”

“알지. 메데인의 카르텔 중 말단이었다며?”

“옛날의 나만 아는군.”

“옛날이라고 할 것까지야. 그래 봤자 몇 달 전 얘기잖아. 안 그래?”

백현은 뺨을 더듬으며 이죽거렸다.

“그래 뭐, 솔직하게 말해줄게. 아까는 아니라고 했지만, 관리국에서 온 것 맞아. 설마 이런 일이 벌어지지 않을 거라고 예상하지 못한 건 아니겠지?"

"당연히 예상했지. 생각보다 대처가 빠르고 확실하다는 것을 예상하지 못했을 뿐이다."

"관리국장을 죽였으니 그러지."

"죽어야 할 놈이니 죽였을 뿐이다. 그런 쓰레기의 목숨에도 신경 쓰셨나?"

"걔가 쓰레기인지 내 알 바는 아니잖아."

"받아 처먹은 돈으로 제 살을 불리는 주제에, 놈은 자기 살을 불려준 카르텔의 뒤통수를 치려 했지. 관리국에게 명단을 넘겨……."

"알 바 아니라니까."

백현은 고개를 저으며 테베스의 말을 끊었다.

"네게 묻고 싶은 것들이 있긴 한데, 그건 뭐…… 벌써부터 물을 필요는 없을 것 같아. 그치?"

"내 생각과 똑같군. 이런 경우에서 질문에 솔직한 대답을 듣기 위해서는 그만한 노력이 필요한 법이야. 다년간의 경험으로 깨달은 건, 그 노력은 돈을 찔러 넣는 것보다 칼을 찔러 넣는 게 훨씬 낫고 편하다는 거지."

그런 쪽에서는 말귀를 알아듣는 놈이었다.

하지만 테베스는 손을 들어 휘저으며 말했다.

"아 그래도, 서로가 노력하기 전에 말이야……. 잠깐만 기다려 주겠나? 피던 건 마저 피고 싶어서."

"허."

"그리 오래 걸리지는 않을 테니까. 아, 이건 너에 대한 배려이기도 해. 내가 이걸 피는 동안은 네가 뭘 해도 봐주도록 하지. 유언을 못 남겼다면 전화라도 돌리고. 아니면 너도 하나 피겠나? 마음이 편해질 텐데."

"이거 참."

"그래도 겁에 질려 도망치거나, 먼저 공격하지는 마라. 난 이걸 다 피우고 움직이고 싶거든."

느물거리는 태도가 참 같잖게 느껴졌다. 대체 무슨 자신감으로? 계시자라더니, 신인지 뭔지 하는 놈에게 분수에 맞지도 않은 힘을 받아서 자신감이 넘치는 것은 이해하는데. 마약을 빨아댄 덕인지 골수까지 뽕이 차버린 모양이다.

"아니면 지금 내 얼굴이 너무 허접처럼 보여서 그런가?"

"응?"

투덜거리는 목소리에 테베스가 고개를 갸웃거렸다. 백현은 뺨을 더듬던 손을 내려 목의 초커를 잡았다.

파직!

초커의 마법이 풀렸다. 백현은 덥수룩한 앞머리를 뒤로 넘겼다.

"아까 나한테 물어봤지. 네가 누군지 아냐고."

테베스의 눈이 휘둥그레 떠졌다.

"그럼 넌 내가 누군지 아냐?"

가뜩이나 기분이 찝찝한데. 테베스의 태도에 살짝, 아주 살짝.

"담배 꺼."

꼭지가 돌았다.

"넌……."

"안 꺼?"

테베스가 놀란 목소리를 낸다. 그의 입에는 여전히 굵은 시가가 물려 있었다.

백현의 눈썹이 찡그려졌다.

"그럼 그냥 물고 있어라."

백현의 모습이 사라졌다.

뻐억!

올려 친 주먹이 테베스의 턱을 닫히게 만들었다. 꽉 물린 이빨이 시가를 씹어 잘라 버렸다.

백현은 튀어 오르는 시가를 힐긋 보면서 내뱉었다.

"물고 있으라니까."

돌려친 주먹이 테베스의 뺨을 갈겼다. 그 거구가 붕 날아 바닥을 뒹굴었다. 몇 바퀴 구르던 테베스는 양손으로 바닥을 짚고서 튀어 올랐다.

재빠르게 자세를 잡은 테베스의 양손에는 어느새 두 자루의 단검이 쥐어져 있었다.

"산토리니의…… 네가 여기를 왜?"

"대답을 듣기 위해서는 노력해야 한다며?"

백현은 손목을 툭툭 털며 테베스에게 다가갔다.

"너도 노력해 봐. 나도 노력할 테니까."

테베스가 이를 악물었다. 흐느적거리며 내려온 양손이 쥔 단검에 흉흉한 기운에 휘감겼다.

"반지 끼면 칼 쥐기 힘들지 않냐."

테베스의 모습이 일렁거리더니 사라졌다. 빠른 속도로 움직인 것이 아니다.

'은신술, 마법일까?'

그럼 뭐 하나. 눈에는 보이지 않아도 놈이 어떻게 움직이는지 느껴진다. 심안을 뜰 것도 없었다.

"와, 이거."

가장 최근에 제대로라고 할 정도로 싸웠던 상대가 마룡왕이었다.

"보는 눈이 너무 높아졌나 봐."

'계시자라더니.'

백현은 한숨을 푹 내쉬며 테베스가 들어오는 것을 기다려 주었다.

3장
너 뭐 하냐?

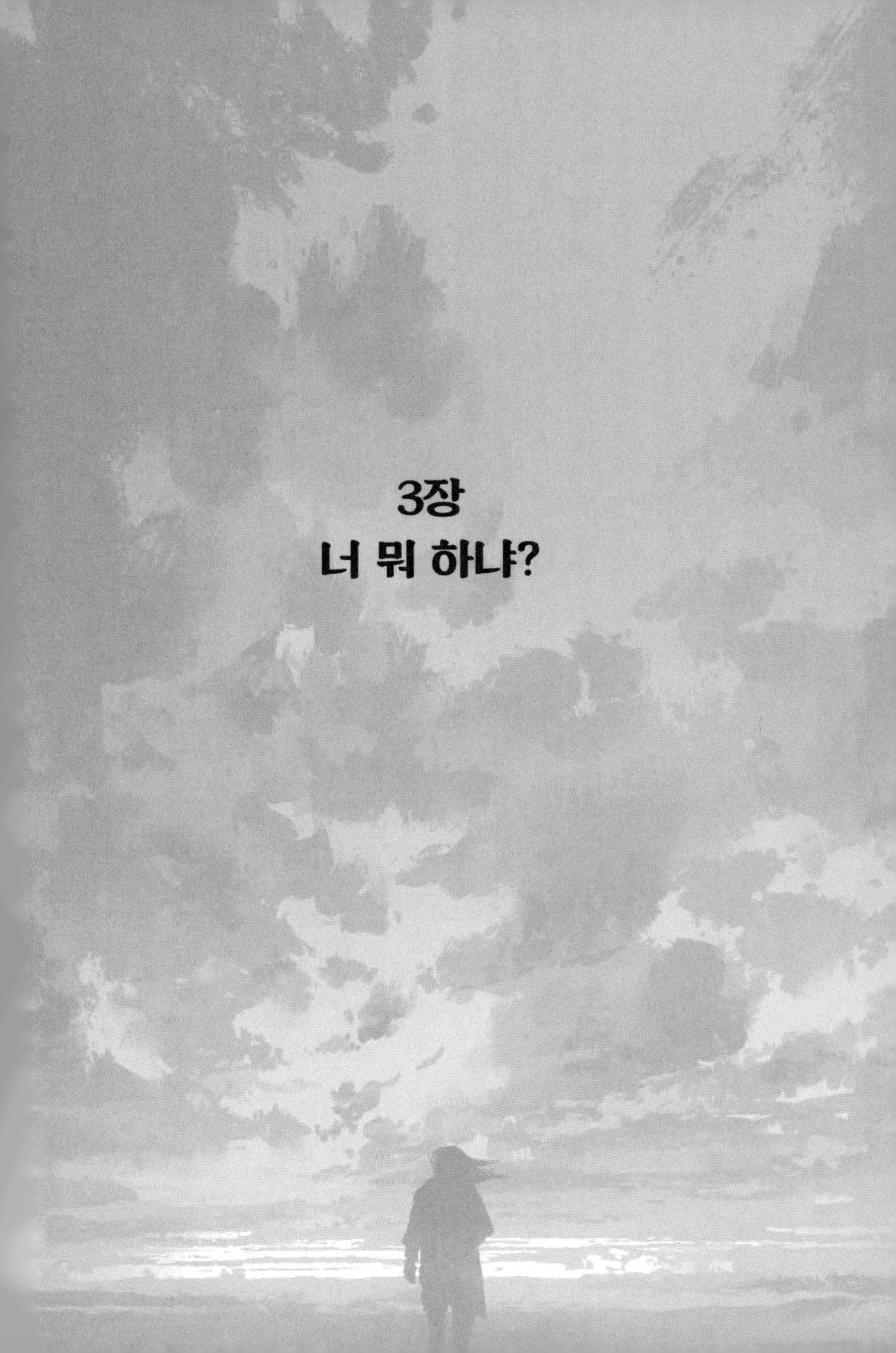

파고들 틈이 보이지 않았다. 테베스의 눈동자가 파들거리며 떨렸다.

이런 경우는 처음이었다.

계시자가 된 후로, 그는 누구와 싸우든 간에 늘 압도적인 강자의 위치에 있었다.

일대일? 일대 다수? 똑같았다. 적이 많건 적건 간에, 계시자가 되어 얻은 권능과 '눈'은 상대의 빈틈을 정확하게 보게 만들었다. 아무리 단단한 갑옷을 입고 있어도, 그 틈을 파고들어 단검을 찌르거나 그으면 무조건 죽일 수 있었다.

그런데 지금은 틈이 전혀 안 보인다.

'그럴 리가 없는데.'

아까 시가를 피워댈 때만 해도 놈에게는 빈틈이 가득했었다. 그런데 왜 지금은 아무 틈도 안 보인단 말인가?

자세가 바뀐 것도 아니다. 놈은 여전히 양손을 편하게 늘어뜨리고서 그냥 서 있을 뿐이었다.

그런데 왜…….

'이럴 때는 어떻게 해야 하는 거지?'

모른다. 이런 경우를 맞닥뜨린 것이 처음이라, 뭘 어떻게 해야 할지 알 수가 없었다.

그렇다고 가만히 있을 수도 없었다. 뭐라도 해야 했다.

그래서 움직였다. 테베스는 아무 소리도 나지 않는 발을 끌며 백현과의 거리를 좁혔다.

소리가 나지 않는 것은 발뿐만이 아니었다. 단검을 찌를 때도 소리는 나지 않았다. 틈을 찌른 것은 아니지만, 확신은 있었다. 그의 단검에는 그만한 힘이 있었으니까.

단검이 멈췄다. 끝까지 찌르기도 전에 테베스의 손목이 백현에게 잡혔다.

'어떻게?'

테베스는 크게 놀라 눈을 치켜들었다. 분명 보이지 않을 텐데, 테베스의 눈과 백현의 눈이 정확하게 마주쳤다.

"너 뭐 하냐?"

이렇게 한심할 수가. 이게 전부야? 말할 가치도 없는 외침들이 목젖에 머물렀다.

백현은 테베스의 팔을 강하게 당겼다. 비틀거리며 딸려 온 테베스가 급히 반대쪽 팔을 휘둘렀다. 단검에 어린 흉흉함이 예기를 띄며 백현을 찢으려 했다.

참 이치에 안 맞는 놈이었다. 당장 저 단검의 힘이나 은신술은 대단한 수준인데, 사용하는 게 뭐 이리 미숙하단 말인가?

백현은 빠르게 손을 움직였다.

파밧!

검은빛에 휘감긴 손이 들어온 예기와 맞닿았다. 즉시 펼쳐진 천의무봉이 공격의 흐름에 개입해 방향을 바꾸었다.

카가각!

금칠된 바닥에 수백 개의 칼자국이 새겨졌다.

그걸 본 테베스는 또 놀라 버렸다. 이런 경험 역시 그에게는 처음이었다.

"이익!"

잡힌 손을 빼내기 위해서 용을 쓴다.

백현은 차오르는 한숨을 애써 참으며 테베스의 손을 놓아주었다. 그러자 테베스가 펄쩍 뒤로 뛰어올랐다.

딱히 숨길 만한 곳도 보이지 않는데, 테베스에게서 무수히 많은 암기가 쏘아졌다.

꽤 대단한 공격이기는 했다. 암기 하나하나의 위력은 말할 것도 없었고, 별 동작도 없이 저만한 수의 암기를 쏘아낸다.

그런데 조잡하다. 위력이나 공격 자체의 수준을 떠나, 쓰는 방식이 조잡하다. 암기는 확실하게 맞출 수 있어야 의미가 있는 것이고, 맞추지 못한다고 해도 암기를 씀으로써 유리한 상황을 만들 수 있어야 한다.

방금의 공격은 먹히지도 않았고, 상황을 바꾸지도 못했다. 잘 숨기고 있다가 적절한 상황에 썼으면 제법 놀라게 할 수 있었을 텐데. 그런 머리도 안 돌아가는 모양이다.

'이런 거여도 말이지.'

바닥에 나뒹구는 암기가 사라진다. 심안을 통해 그 흐름이 다시 테베스에게 흘러 들어가는 것을 보았다. 날리고 끝이 아니라 몇 번 더 날릴 수 있다는 뜻이다.

그렇다고 해도 변하는 건 없다.

'한번 보인 패를 숨겨봤자 뭔 소용이야?'

테베스가 쓰는 권능을 전부 보지는 않았지만, 몇 개만 봐도 알겠다. 암기에 은신, 단검. 칼 쥐는 꼴을 보아하니 원래부터 칼 다루는 놈은 아닌 듯싶고.

암살.

'암막의 주인이 그쪽 권능인데.'

비교해 보고 싶어도 본 적이 있어야 알지.

뭐, 그거야 직접 물어보면 될 일이다. 파악은 끝났다.

그리고 이것도 확실하게 알았다.

"너랑 싸우는 건 재미없겠다."

"이 새끼……!"

표정은 일그러졌지만, 테베스는 선불리 움직이지 않았다. 확신 없이 공격을 시도했다가 옴짝달싹 못 하게 잡혔던 것이 마음에 걸리는 모양이었다.

볼 것도 다 봤으니 기다려 줄 필요는 없었다. 백현은 주먹을 쥐었다 펴며 테베스에게 다가갔다.

그걸 보고 있던 테베스는 움찔 눈썹을 떨더니, 아까와 같은 은신술을 펼쳤다.

하지만 무의미한 짓이었다.

쉭!

백현의 손목에서 은사가 쏘아졌다.

테베스는 뭔가가 자신을 향해 빠르게 다가오고 있음을 느꼈다. 피해야 하나? 아니면? 가진 기능에 비해 몸뚱이를 쓸 줄 모르니 쓸데없는 고민이 많아진다.

뒤늦게 몸을 크게 움직였지만, 이미 늦었다. 은사가 테베스의 허리를 휘감았다.

"헉!"

은사가 당겨졌다. 테베스는 급히 다리에 힘을 주어 버텼지만, 뛰어든 것은 백현이었다.

짧은 거리를 도약한 백현은 어쩔 줄 몰라 하는 테베스의 얼굴에 주먹을 내려찍었다.

그 일격으로 끝낼 수도 있었겠지만, 그래서야 노력이 부족하잖은가. 테베스가 말했듯이 원하는 대답을 듣기 위해서는 그만한 노력이 필요한 법이다.

테베스의 입술 밖으로 깨진 이빨들이 튀어 나갔다.

확실히 몸이 튼튼하기는 했다. 테베스는 휘청거리는 상체를 세우고서 단검을 휘둘렀다.

칼 잡는 꼴은 별로인데, 정작 휘두르기 시작하니 꽤 정교하다. 두 자루의 단검이 칼부림을 일으켰다.

백현은 별 고민 없이 칼부림 속으로 오른손을 찔러 넣었다. 둔탁한 소리가 파공음에 묻혔다.

"꺼윽!"

칼부림이 멈췄다. 부러진 손목이 덜렁거리고 단검이 떨어졌다.

거리를 허용하면 안 된다. 이제야 알았지만, 너무 늦게 알았다.

"잠깐……."

"아직이야."

테베스가 급히 목소리를 냈지만, 백현은 고개를 가로저었다.

이어지는 폭력이 테베스의 정신을 뒤흔들었다. 피할 수도, 막을 수도 없었다. 어디를 공격하는지 알고 있는데도 피할 수가 없었다. 피한 순간 그럴 줄 알았단 듯이 공격이 연계된다.

코가 주저앉고 입술이 터졌다. 입안이 박살 난 이빨과 피로 가득 차 호흡이 괴로웠다. 걷어찬 발길질에 다리가 부러졌다.

쓰러질 수도 없었다. 어느새 몸을 휘감은 은사가 테베스를 오뚝이로 만들었다. 치는 주먹에 이리저리 기울어졌다가, 은사의 당김에 다시 원래대로 서버린다.

일방적인 구타가 이어졌다. 그런데도 의식이 끊어지지 않는다.

백현은 교묘히 테베스가 정신을 잃지 않도록 조절해 가면서 두들겨 팼다. 죽을 만큼 아프지만, 진짜 죽지 않을 정도로. 몸통을 때릴 때도 내장의 위치는 기가 막히게 피하면서 뼈와 살만 집중적으로 패주었다.

그렇게 한참을 맞다 보니 기묘한 기분이 들었다. 아픔이 멀게 느껴진다. 아니, 아프지 않은 것은 아닌데. 뭔가 이상하게…… 이게 정말 아픈 건가? 싶은 기분이었다.

그것이 전부가 아니었다. 팔다리뼈는 이미 박살 났고 은사에 대롱대롱 매달려 있을 뿐이다. 정말 어찌할 수 없는 절망적인 상황임이 분명했다. 그런데 '고작' 이런 상황이 절망적인 것인지도 애매하게 느껴졌다.

머릿속이 이상했다. 엄청, 죽고 싶을 정도로 아프지만, 이 정도는 아픔도 아니다. 온몸이 묶여 움직일 수도 없지만, 이게 꼭 답이 없는 절망일까? 거기서 더 나아가.

'내가 왜 맞고 있는 거지?'

테베스가 처한 상황과 그라는 인간의 생각과는 전혀 다른 것이 무의식 속에서 떠올랐다.

'응?'

테베스의 눈빛은 아까부터 쭉 흔들리고 있었다. 정신을 놓기 직전까지 아슬아슬하게 줄타기를 하면서 패고 있으니 당연한 일이다.

하지만 지금의 '흔들림'은 여태까지와는 전혀 달랐다. 결국, 의식을 놓았나? 아니, 그런 게 아니다. 뭔가 다른…….

테베스의 눈에서 빛이 사라졌을 때, 은사가 끊어졌다.

백현의 심안은 이질적인 흐름이 테베스의 몸을 휘젓는 것을 보았다. 놈의 팔다리는 여전히 부러져 있었지만, 놈은 그 팔을 채찍처럼 휘둘러 백현의 안면을 때리려 들었다.

그걸 잡기 위해 손을 뻗자, 테베스의 팔이 궤적을 틀었다. 부자연스러운 움직임이지만 이미 뼈며 관절이 죄다 박살 난 팔은 무리 없이 움직였다.

그렇게 꺾인 팔이 백현의 팔뚝을 반바퀴 감았다. 뼛조각이 혈관과 근육, 살갗을 찢고 튀어나왔다.

맨정신이라면 못 할 일일 텐데 테베스의 표정은 그대로였다. 그의 눈은 여전히 빛이 꺼져 있었다.

테베스의 몸이 바짝 붙어왔다.

꽈아앙!

아까와는 전혀 다른 소리가 났다.

근접 거리에서 폭사된 암기. 광역으로 뿌린 것이 아니라 일점만을 노렸다.

백현은 휘파람을 불며 발끝을 세워 통통 튀었다. 이번 공격은 꽤 대단했다.

암기를 뿜어낸 테베스는 그 자리에 우두커니 서 있었다. 연체동물처럼 축 늘어진 그의 손에는 어느새 단검이 한 자루씩 쥐어져 있었다.

백현은 두 눈을 빛내며 그를 쳐다보았다. 저 지경이 되도록 처맞기만 하더니, 갑자기 전혀 다른 사람이 된 것만 같았다.

"……끄륵."

기대 어린 눈으로 테베스를 쳐다보는데, 놈의 눈동자에 빛이 돌아왔다. 떠진 눈이 덜덜 떨리다가 그대로 뒤로 넘어갔다.

쿠웅.

그 거구가 힘없이 뒤로 쓰러졌다.

백현은 어이가 없어서 놈을 쳐다보았다. 죽은 것은 아니었고, 그냥 정신을 잃은 것뿐이었다.

"갑자기 뭐야?"

조금 기다려 보았지만, 테베스는 눈을 뜨지 않았다.

백현은 헛웃음을 흘리며 테베스에게 다가가 놈의 몸을 발로 툭툭 건드렸다. 하지만 놈의 의식은 돌아오지 않았다.

"아니, 왜 재밌어질 것 같으니까 기절하는 거야?"

백현은 투덜거리면서 몸을 돌렸다. 힘을 잃은 테베스의 몸이 붕 떠올랐다. 꼭 똥 싸다가 도중에 끊긴 기분이었다.

그렇다고 화풀이로 죽일 수는 없었다. 놈이 기절하기 직전 보였던 움직임도 신경 쓰이고, 계시자인 놈에게는 묻고 싶은 것도 많았다.

테베스를 데리고 방문을 열자, 차가운 냉기가 훅하고 다가왔다. 냉기로 가득 찬 복도에는 통째로 얼어붙어 죽은 사람들이 많았다.

백현은 그걸 잠시 보다가, 미끄러운 복도를 발을 끌며 걸었다. 타본 적은 없었지만, 꼭 스케이트를 타는 기분이었다.

"재밌어?"

사라는 복도의 끝에 웅크리고 앉아 있었다. 그녀는 발을 끌며 쭉쭉 다가온 백현을 향해 볼멘소리로 물었다.

복도 전체가 얼어 있었지만, 사라의 주변은 얼지 않았다. 오히려 시커멓게 그슬렸고, 재들이 지저분하게 흩어져 있었다.

백현은 '저게' 뭘 태우고 남은 재인지 신경 쓰지 않았다. 그냥 아무렇지도 않은 표정으로 다가와서, 멈추고, 사라에게 손을 뻗었다.

"수고했어."

"도망친 놈은 없고, 살아 있는 놈도 없어. ……괜찮아?"

"내가 살려뒀으니까 괜찮아. 그리고 농장 쪽에도 팔로워가 더 있었잖아."

사라의 코앞에는 백현의 손이 멈춰 있었다. 사라는 그걸 멍하니 보다가 백현의 손을 잡았다.

당겨 일어난 사라가 입술을 삐죽 내밀었다.

"……다른 할 말 없어?"

"뭔 말을 더해야 하는데?"

"내가 이상하다고 생각은 안 해?"

"넌 원래부터 이상했어."

백현은 피식 웃으며 대답했다. 사라는 두 눈을 깜박거리다가 풋 웃었다.

"기분 나빠."

"좋으면 그게 더 이상한 거지."

"……저기 말이야."

말해도 되는 걸까. 스승에게도 말하지 않았던 것. 고향인 17차원에 두고 왔던 과거. 그곳에서 완전히 묻고, 절대로 꺼내고 싶지 않았던.

이런 일에 얽히지 않았더라면 절대로, 절대로 다시 떠올릴 일이 없었을 텐데.

"뭐 하러 억지로 그래?"

백현은 머뭇거리는 사라를 보며 웃었다.

"억지로 할 것까지는 없잖아. 너 뭔가 이상한 걱정을 하는 것 같은데, 나는 네가 원래부터 좀 맛이 가 있다는 걸 잘 알고 있거든? 그러니 이제 와서 뭔 꼴을 더 봤다고 네가 싫어지거나 하지는 않아."

"……다 좋은데, 너 말 진짜 밉게 한다. 좀 더 배려해서 말할 수도 있지 않아?"

"내가 배려한답시고 안 어울리게 굴었으면 네가 난리를 쳤겠지."

"응."

사라는 킥킥 웃으며 대답했다.

그래, 억지로 할 것까지는 없지. 그리고 솔직히.

'무서워.'

어쩌면 넌 아무렇지도 않게 받아들이고, '그게 뭐 어쨌다는 거야?'라고 되물을지도 모르겠지만.

'그래도 무서워.'

절대 일어날 것 같지 않은 반응을 혹시라도 보게 될까 봐. 네가 놀라 하고, 날 쳐다보면서…… '진짜로?'라고 물어볼까 봐.

아니, 그것보다는.

'네가 날 불쌍하다고 생각하는 게 싫어.'

사라는 아직 잡고 있는 백현의 손을 쳐다보았다.

조금 더 강하게 힘을 주어 손을 꼭 잡았다. 맞닿은 손바닥이 따스했다. 사라의 손이 차가워서인지, 그 온기가 더 강하게 느껴졌다. 그렇게 이어져 있는 것만으로도 좋았다.

저택을 나왔을 때는 아직 해가 떠 있었고, 희한하게 생긴 것이 해와 함께 하늘에 떠 있었다.

백현은 혈사자의 비행함을 올려 보았다. 그 둥그런 구체를 보고 있으니, 어린 시절의 기억이 떠올랐다.

"저거 꼭 탱탱볼처럼 생겼네."

"그게 뭔데?"

한국에서 유년기를 겪지 않은 사라에게 공감을 얻는 것은 실패했다.

4장
아주 많은 걸

"나왔군요."

"어."

카르파고는 팔짱을 끼고서 아래를 내려다보았다. 제법 거리가 있기는 하지만 문제될 것은 없었다.

백현이 보인다.

"하나 더 있군."

피떡이 되어서 둥둥 떠 있는 테베스도 보였다.

카르파고는 테베스가 누구인지 몰랐지만, 굳이 죽이지 않고 숨을 붙여서 데리고 나왔다는 건 뻔한 일 아닌가. 죽여선 안 될 놈이라는 뜻이다.

"이거 어쩔 수 없네."

카르파고는 고개를 천천히 저으며 중얼거렸다.

"우리가 잡았어야 했는데, 저 새끼가 먼저 잡아버렸잖아. 응? 그렇다고 저 새끼한테 저거 줘버리면, 정작 우리가 알고 싶은 것을 못 듣게 되어버리고."

진즉에 나설 수도 있었겠지만, 굳이 그러지 않았다. 명분이 필요해서? 그래, 명분. 하지만 지금 이런 곳에서 명분이 뭐가 중요하단 말인가.

옳아 죄기 위해서다.

'저놈. 누군지는 모르겠지만, 숨 붙이고 데리고 나왔어. 아직 원하는 걸 못 얻었다는 거야.'

피차 잘된 일이다. 카르파고는 저 피떡을 빼앗아야 하고, 백현은 원하는 걸 아직 얻지 못했으니 피떡을 지켜야 한다. 그렇게 판을 짰다.

즉, 카르파고는 백현이 도망치지 않게 하기 위해서 이 상황을 짜놓은 것이다. 그를 알고 있는 헤루샤로서는 카르파고의 오만을 이해할 수가 없었다.

'대체 무슨 자신감이지?'

산토리니에서 카르파고가 어땠는지를 보았다.

그곳에서, 카르파고는 백현에게 완전히 압도되었다. 백현의 폭력은 카르파고에게 향하지 않았지만, 그곳에 있던 모든 사도가 느꼈을 것이다. 저건 괴물이라고. '사도'라는 규격에서 한참을 벗어난 괴물. 저 자존심 강하고 성격 더러운 카르파고도 백현의 도발에 끝내 넘어가지 않았었다.

'그런데 지금은 왜?'

헤루샤는 주변을 슥 둘러보았다.

혈사자의 공중함. 설마 이걸 믿는 건 아니겠지.

백현에게는 천공성이 있다. 천공성이 성역이 아니게 되었다고 해도, 천공성은 혈사자의 공중함은 '따위'로 여길 물건이다.

'설마 나를 믿는 건가?'

그것도 아니란 생각이 들었다. 백현 혼자만 있는 것도 아니고, 그의 곁에는 사라가 있었다. 저 여자가 얼마나 강한지는 미지수지만, 위치엔드가 보여주었던 미래에서 헤루샤는 사라와 대등하게 싸웠었다. 즉, 저 여자의 힘은 아무리 적게 잡아도 예비 사도라는 것이다.

'아니면…….'

헤루샤와 카르파고만을 두고 생각한다면 이곳의 상황은 산토리니와 다를 것이 없다. 그렇다면 필연적으로 산토리니와 똑같은 결말이 날 것이다. 카르파고는 백현을 이길 수 없다.

산토리니와 다른 것이 없는 것은 아니다. 거기서는 카르파고의 길드인 마타도르가 없었다. 하지만 그들이 더해진다고 해서 뭐가 달라진단 말인가?

마타도르의 헌터들은 혈사자와 계약한 헌터 중에서도 최상위 레벨군이다. 하지만 결국 헌터다. 예비 사도도 아닌 그냥 헌터. 백현의 입장에서 본다면 살짝, 아주 살짝 큰 개미에 지나지 않을 텐데 저들이 더해짐으로써 상황이 바뀌기라도 한다는 걸까.

'아니면 내가 모르는 권능인가?'

[암막의 주인이 웃습니다.]

암막의 주인은 헤루샤가 카르파고에게 맹목적으로 충성하지 않는다는 것을 알고 있다. 그럼에도 헤루샤를 예비 사도로 삼은 것은, 암막의 주인과 계약한 헌터들 중 헤루샤가 으뜸이었기 때문이다. 물론 그 외에 다른 이유도 있는 것 같았지만, 헤루샤는 암막의 주인의 의중을 헤아릴 수 없었다.

하지만 이건 안다. 암막의 주인은 헤루샤에게 모든 것을 알려주지 않는다.

"어디 보자."

아래를 내려다보던 카르파고가 손가락을 들었다. 그는 광활한 농지를 가리키며 말했다.

"저기가 좋겠군."

"저는 어떻게 하면 되겠습니까?"

"너? 너는…… 팔로워인지 뭔지 하는 새끼들. 난리 통에 도망가지 않도록 잡아놔. 다 죽이지는 말고."

"……민간인은 어찌하면 되겠습니까?"

"죽여."

카르파고는 대수롭지 않다는 얼굴로 대답했다.

그 대답에 헤루샤의 뺨이 살짝 굳었다. 하지만 그녀는 반박하지 않고 꾸벅 고개를 숙였다.

"네."

하늘의 탱탱볼에서 떨어진 빛은 멀지 않은 농지로 이어졌다.

백현은 잠시 그것을 쳐다보다가 사라에게 고개를 돌렸다.

"부탁 좀 하자."

"뭔데?"

"얘 좀 천공성에 갖다놔."

들고 다니다가 깨어나기라도 하면 귀찮다.

그리고 도망칠 것에 대한 걱정은 없었다. 아까 테베스가 보여주었던 움직임이 꺼림칙하지만, 백현이 겪어본바 샤나크는 사도 중에서 제일 강했다. 테베스가 뭔 짓을 하든 간에 샤나크에서 벗어나 도망치는 일은 없을 것이다.

"그다음에는? 돌아오면 돼?"

"아냐. 농장 돌면서 팔로워들 찾아서 잡아. 이쯤 되면 사태

파악하고 도망친 놈도 있겠지만, 남은 놈이라도 잡아야지."

고개를 끄덕거린 사라는 테베스를 데리고 천공성 쪽으로 날아갔다.

백현은 잠시 그쪽을 바라보다가 농지로 시선을 돌렸다. 꽤 많은 기척이 그곳에 모여 있었는데, 카르파고를 제외하면 별 볼 일 없는 놈들이었다.

[도와줘야 하나?]

머릿속에서 샤나크의 목소리가 들렸다. 백현은 훌쩍 뛰어 카르파고 쪽을 날아가며 대답했다.

"뭐 하러?"

[숫자가 많다.]

"잉여 병력이야. 그쪽에서는 저기 잘 보이지? 어떤 놈들이야?"

[몇몇 아는 얼굴도 있고……. 추측할 거리도 없군. 죄다 갑옷에 똑같은 문양을 새기고 있어. 카르파고가 제 길드를 끌고 온 모양이다.]

"마타도르?"

사도들은 다들 각자의 길드를 이끌고 있는데, 그 길드는 사도와 같은 군주를 섬기는 헌터들로 통일되어 있다. 즉, 저곳에 있는 것은 모두가 혈사자와 계약한 헌터들이란 것이다.

[보아하니, 저들 전부가 너 하나와 싸우려는 것 같군.]

"이해가 안 되네. 내 힘을 모르는 놈도 아니잖아. 자기 길드

끌고 와봤자 잘 쳐줘야 개망신에 망하면 떼죽음이라는 건 알 텐데?"

[일반적인 관점에서는 그러겠지.]

샤나크가 중얼거렸다. 그 말이 꽤 묘하게 들렸다.

[왜 사도가 이끄는 길드가 같은 군주와 계약한 헌터들로만 구성되었다고 생각하나?]

"그걸 내가 어떻게 알아?"

[나도 밑천을 전부 밝히고 싶지는 않지만, 사도의 길드가 저런 형태가 되는 것은 각자의 이유가 있다. 카르파고가 병신이긴 하지만 머리를 폼으로 들고 다니는 병신은 아니야. 놈이 자기 길드를 끌고 오고, 네가 있다는 것을 알면서도 싸울 준비를 한다는 건 그만한 자신이 있기 때문이다.]

"길드랑 같이 덤비면 더 강하다는 거야?"

[난 카르파고가 아니라서 놈이 마타도르를 대동해 싸우는 것으로 정확히 어떤 이점을 취할 수 있는지는 모른다.]

"결국, 그거잖아. 조심하라는 거."

백현의 비행이 멈췄다.

"뭐 이리 많이 끌고 왔어?"

피차 인사를 나눌 사이도 아니고, 우선 그것을 물어보았다.

대략 잡아 이백 명 정도 될까. 똑같은 문양을 새긴 갑옷을 입은 마타도르의 헌터들. 그 선두에 카르파고가 서 있었다.

"괴물 잡으려면 이 정도의 준비는 해야지."

카르파고는 백현을 올려 보면서 대답했다.

안 그럴 줄 알았는데. 막상 마주하고 나니…… 심장이 빠르게 뛴다. 입안은 바싹 마르는데 손바닥은 땀으로 축축하다. 긴장이 과하다. 아니, 사실은 이게 긴장이 전부가 아니라는 것은 자각하고 있다.

"아까 그놈. 천공성으로 데리고 간 모양인데…… 그대로 튈 생각하지 말고 잘 붙들고 있어라."

"내가 뭐가 무서워서 도망치겠어?"

웃으며 묻는 말에 카르파고도 입술을 비틀며 웃었다.

당연히 저렇게 나올 거라고 생각은 했지만. 실제로 들으니 기분이 썩 좋지는 않았다. 길드 전체를 끌고 왔는데……. 저놈의 태도에는 일말의 두려움도 묻어나오지 않는다.

오히려 잘 되었다. 카르파고는 반드시 이 장소에서 백현과 싸워야만 했다.

"그런데 너."

백현의 몸이 천천히 아래로 내려왔다.

"후회 안 하겠냐?"

카르파고와 백현 사이에는 제법 거리가 있었다. 카르파고의 앞에는 백현뿐이었고, 백현의 앞에는 카르파고와 수백 명이 있었다.

백현은 그들을 손으로 가리키며 물었다.

"네가 굳이 싸움을 걸지 않는다면, 나도 싸우지는 않을 거야. 싫다는 사람 붙들고 억지로 싸우는 거 별로 안 좋아하거든. 사실 따지고 보면 내가 너랑 반드시 싸워야 할 이유도 없고."

"……아, 그래?"

"그래서 물어보는 거야. 후회 안 하겠냐고. 꽤 많이 죽을 거다. 어쩌면 너도 죽을 거고."

혼자인 백현이 수백을 위해주듯 말했다.

"그래도 할래?"

"……크크!"

겁에 질려서, 이 상황을 모면하기 위해서 하는 말이 아니다. 저 미친놈은 '정말로' 저렇게 생각하여 말하고 있었다.

"반드시 싸울 이유가 없다고?"

"응. 예전에는 네가 싫다고 해도 내가 좀, 어떻게 해서라도 싸우고 싶었겠지만……."

신선들.

"지금은 꼭 그렇지도 않아. 그때의 나는 너랑 싸우는 걸 꽤 기대했는데, 왜 그런 줄 알아? 그때 내가 싸울 수 있는 상대 중에 제일 센 게 너 같은 사도였거든."

마룡왕.

"그런데, 아니더라고."

카르파고의 뺨이 씰룩거린다. 떠들어댈 만한 것이 아닌 욕설들이 그의 입안을 맴돌았다.

카르파고는 그걸 굳이 쏟아내지 않았다. 대신에, 바알을 쥐었다.

산토리니의 일 후로, 카르파고의 머릿속에 혈사자의 목소리가 들리지 않았다. 무한전에 들어가도 혈사자를 보지 못했다. 언제나 거대한 왕좌에 앉아 내려 보던 거인왕은, 더 이상 카르파고에게 관심을 주지 않았다.

"난 너랑 싸워야 한다."

바알이 붉은빛에 휘감겼다.

"그래야 해."

공포 위에 다른 감정을 덧칠했다.

바알이 위로 들렸다. 검신을 휘감은 붉은빛이 스멀거리며 퍼져 나갔다.

"널 죽여 버리고 싶기도 하고."

길드원들이 무기를 빼 들었다. 기류가 심상치 않다.

백현은 심안을 떴다. 바알을 휘감은 포악한 흐름이 길드원들과 연결되고 있었다.

후우우욱!

카르파고를 포함한 길드원들의 기세가 돌변했다. 그들이 내뿜어대는 전의가 백현을 압박했다.

육안으로 보이지 않는 것을 심안이 보았다. 바알이 증폭시킨 길드원들의 투기가 꿈틀거리며 어떠한 형상을 띠었다.

[그렇군.]

백현의 머릿속에서 악몽의 결정자가 중얼거렸다.

[아신검 바알은 혈사자를 상징하는 신물이야. 아무리 사도라지만 바알까지 쥐여준 것을 의아하게 생각했었는데…….]

'뭔데요?'

[혈사자 본인도 강력한 신격이기는 하지만, 그의 진가는 자신의 군대를 이끌고 있을 때 발휘되지.]

[거신왕을 상징하는 신물인 바알을 저 사도가 쥐고 있다. 그리고, 저 사도의 뒤에는 그를 따르는 군대가 있지.]

길드원들의 뒤에 선 형상을 본다.

[강신과는 메커니즘이 다르지만, 쉽게 말하면 이런 거야.]

[저 사도는 지금 혈사자가 되었고, 놈의 군대는 혈사자의 군대가 된 거지.]

['진짜' 혈사자는 강신하지 않았지만, 그의 영지에 있어야 할 권속들의 힘이 저 인간들과 이어졌어.]

카르파고의 눈이 스산하게 빛났다.

아신전(亞神殿). 산토리니에서는 사용할 수 없었던 권능이 발동되었다. 카르파고의 '군대'가 없는 한 이 권능은 발동되지 않는다.

"그러니까 결국."

백현의 입이 열렸다.

"혈사자의 흉내를 내고는 있지만, 진짜 혈사자가 된 건 아니라는 거네요."

[그렇지. 하지만 혈사자의 군대를 너무 우습게 보지는 마.]

악몽의 결정자가 경고했다.

백현은 헛웃음을 흘리며 발을 앞으로 뻗었다.

"우습게 보는 건 내가 아니라 쟤들 같은데."

내디딘 한걸음이 전투의 시작이었다.

아아아!

병사들이 달렸다. 혈사자을 받드는 무한전 거신들의 힘이 그들의 피를 끓게 하고 있었다. 하나 된 외침을 터뜨리며 군대가 진군했다.

카르파고 역시 줄기차게 빛을 내뿜는 바알을 쥐고서 달렸다.

[겁쟁이가 왕의 흉내를 내는구나.]

산토리니 후로 들은 적 없던 혈사자의 목소리. 그 이죽거림에 카르파고의 눈썹이 일그러졌다.

진군하는 군대를 향해 백현의 손이 뻗어졌다.

"많은 걸 보여줘야 할 거야."

커다란 함성 속에서 백현의 목소리는 또렷하게 잘 들렸다.

"아주 많은 걸."

쿠르릉!

뻗은 손에서 검은빛이 모였다. 초식이라 할 것도 없이, 단순히 강기를 응집해 쏘는 것뿐이다. 하지만 그 위력은 결코 보잘것없지 않았다.

검은빛이 공간을 관통했다. 커다란 고함과 함께 카르파고가 달려들었다.

내리찍은 바알이 백현의 강기를 집어삼켰다.

예전에도 본 적이 있다. 연리운과 싸울 때. 그때에도 바알은 백현의 호신강기를 쉽게 베어내곤 했었다.

그때 보지 못한 것이 지금은 보인다. 심안은 바알이 강기를 베는 것이 아니라 '삼키는 것'을 꿰뚫어 보았다.

'그러면 강기공은 쓰지 말고.'

안 쓰는 게 더 좋기도 하고.

뻗은 손을 쥐었다. 카르파고를 지나친 선봉의 얼굴들을 쳐다본다.

'누구 면상을 먼저 으깨줄까.'

패야 할 놈이 많은지라 고민하는 것이 즐거웠다.

특별히 눈에 띄는 놈이 있다면 고민할 것도 없이 그쪽으로 주먹을 뻗을 텐데. 인상부터 해서 죄다 밋밋하니 이거다 싶은 놈이 없었다.

'마침 잘 됐어.'

마룡왕과 싸운 뒤로 매일이 무료했다. 계시자라는 놈이 그 무료함을 아주 조금은 달래줄 것이라 생각했는데.

'달래주기는 개뿔.'

붉은빛에 휘감긴 해머가 백현의 얼굴로 날아오고 있었다.

'기절하기 전만 빼고는 별 볼 일 없었어.'

오히려 마지막에 놈이 보여준 것들 때문에 몸이 근질거렸다.

백현의 코앞에서 해머가 멈췄다.

꽈직.

박살 난 해머의 잔해물이 우수수 떨어졌다. 그걸 휘두른 놈의 눈이 휘둥그레 떠졌다.

"간질거려서 댔더니 더 간지럽다 야."

뻗은 손이 놈의 목을 잡았다.

"내가 너희를 몰라."

목이 잡힌 놈이 버둥거렸다.

"카르파고는 좀 알긴 해. 근데 너희는 모른다고. 마타도르? 이름만 들어봤어, 그게 전부야. 왜 내가 수백 명인 너희를 하나하나 알아야 해?"

버둥거림이 떨림으로 바뀌어 갔다.

"내가 알아야 할 급이 아니니 관심도 안 가서. 무슨 말인지 알겠어?"

떨림이 멈췄다. 목이 잡힌 놈의 눈이 뒤집히고 입에 게거품이 물렸다.

“내가 너희를 몰라서 ‘구분’을 못하겠어. 죽여도 될 놈들인지 아닌지 말이야.”

손을 놓자, 정신을 잃은 놈이 바닥에 널브러졌다.

백현은 자신을 빙 둘러싼 길드원들을 보며 말했다.

“하지만 예외는 있어야지. 결국, 구분하는 놈은 나거든.”

백현은 슬쩍 시선을 들었다. 둘러싸고 있는 무리가 두터워진다. 카르파고도 거기 섞여 있었다.

“빠지고 싶으면 빠져.”

놈은 백현이 하는 말을 들으면서도 뭐가 그리 웃긴지 킥킥거리고 있었다.

“억지로 시켜서 싸우는 놈들이면 내가 찝찝해서 그래. 그러니까…….”

말이 끝나지도 않았는데 공격이 시작되었다. 찔러오는 창칼을 피해 백현의 몸이 움직였다. 몇 걸음 움직인 것만으로 공격 궤적을 완전히 벗어난다.

“야, 아직 말 안 끝났…….”

[괜한 말할 필요 없어.]

악몽의 결정자가 말을 걸었다.

[혈사자의 권능 중 내가 아주 인상 깊게 봤던 것이 있어. 일종의 계약인데, 거인들이 타고난 종족 권능이야.]

[거인들은 서로의 혼을 걸고 대결해, 승자는 패배자의 혼을 갖는다. 아, 혼을 갖는다고 해서 패배자가 죽거나 하는 것은 아니야.]

[패배자가 승자의 수하가 될 뿐이지. 절대로 배신하지 않는 수하 말이야. 그게 바로 거인이 타고난 권능인 혈맹(血盟)이야.]

[수하는 혈맹의 맹주에게 무조건 충성한다. 그건 좋고 싫고의 문제가 아니야. 혈맹주의 감정이 수하들과 연결되거든. 마타도르가 카르파고의 혈맹이라면, 놈들은 카르파고처럼 널 죽이고 싶어 할 거야.]

'하지만 쟤들은 거인이 아닌 인간이잖아요.'

[거신왕인 혈사자와 계약한 인간이지. 다를 것 없어. 놀라운 건 카르파고야. 여기 모인 놈들은 전부 211명. 사도인 카르파고가 저들과 싸워 승리하는 것은 일도 아니겠지만, 혈맹의 크기를 감당하는 것은 결국 혈맹주의 능력이야.]

'거인들도 초월종이에요?'

[맞아. 불공평하단 생각 안 해? 너랑 나 같은 인간은 백 년도 안 되는 수명을 얻지. 가끔 엄청난 재능을 타고나는 인간이 있기는 해도, 그래 봤자 인간 수준의 재능이야. 뭐 너랑 나는 예외기는 하지만…… 그건 우리 같은 존재가 특이 케이스인 거고.]

공격은 계속 되어왔다. 수가 많다. 손을 뻗어 하나씩 걷어주었다.

[천재에 속하는 인간 중에서 필멸의 굴레를 벗어 초월자의 격에 도달한 존재는 손에 꼽아. 하지만 초월종은 태어났을 때부터 초월자에 준하는 격이 보장된 놈들이야.]

[그뿐이야? 거인과 같은, 절대 빼앗을 수 없는 종족 권능까지 지니고 있지.]

'신기하긴 한데 불공평하다고는 생각 안 해요. 그런데, 거인 중에서 신격이 된 것은 혈사자뿐이죠?'

[응.]

'용족 중에서 신격이 된 건 마룡왕이랑 용성군.'

[그렇지.]

'금수저 쥐고 태어난 초월종이라고 해도 신격이 되기 위해서는 가진 수저 이상의 무언가가 필요하단 거잖아요. 그런데, 악몽의 결정자 님은 흙수저 쥐고 태어난 인간이면서도 신격까지 갔고.'

악몽의 결정자가 킬킬 웃었다.

'결국, 악몽의 결정자 님이 엄청 잘났다는 거네요?'

[너도 마찬가지지.]

봉제 인형처럼 웃던 악몽의 결정자가 말했다.

[그래서. 아직도 저 녀석들에게 기회를 주고 싶어?]

백현은 피식 웃었다.

'저 새끼가 나 죽이고 싶어 하는 이상, 이 새끼들은 안 빠진다는 거죠?'

[맞아.]

'그럼 됐어요.'

뚜둑.

백현의 팔뚝에 핏줄이 돋았다.

"구분할 필요도 없겠네."

여전한 맹공 속에서 백현의 움직임이 바뀌었다. 활짝 편 손이 허공을 때렸다.

꽈앙!

맞서던 무기들이 모조리 분쇄되었다. 앞이 열렸다.

무기를 잃은 놈들이 겁먹지 않고 덤벼들었다. 배틀 오러에 휘감긴 손들이 백현을 잡으려 들었다.

아신전이 펼쳐지며 혈사자 휘하 거인들의 힘이 길드원들에게 깃들었다. 지금의 그들은 인간의 몸을 한 거인이었다.

"아아아아!"

목청이 터져라 외친 워 크라이가 백현의 피부를 저릿하게 만들었다.

백현의 입매가 실룩거렸다. 져버리지 않은 인간성 안에 앉아 있던 괴물이 즐겁게 웃었다.

워 크라이를 내뱉던 길드원들이 달려들었다. 가장 먼저 팔을 뻗은 놈은 팔을 부러뜨렸다. 바짝 붙어 때린 주먹이 놈의 배를 터뜨렸다. 피를 머금은 입에서 비린내가 진동해서 불쾌했다. 올려 친 손바닥은 벌린 입을 닥치게 하는 것에 그치지 않았다. 터진 머리를 지나쳤다.

붙잡으려 드는 놈은 손목을 낚아채 꽈배기처럼 꼬았다. 잡으려 했지만 정작 잡힌 것은 놈이었다. 잡아당겨 붙인 다음 무릎을 올려 쳤다. 힘 조절은 하지 않았다. 사타구니가 차인 놈은 불알만 터진 것이 아니라 하반신이 통째로 날아갔다.

등 뒤에서 네 명이 동시에 덤빈다. 한 놈은 정면으로, 두 놈은 좌우, 남은 하나는 위로. 동선이 엉키지 않도록 타이밍까지 조절했다.

'같잖게.'

손을 한번 휘둘렀다. 전혀 다른 곳으로 휘둘렀지만, 그 일수에 네 명은 수십 개의 고기 조각이 되었다. 너풀거리는 은사가 피에 젖어 번들거렸다.

'……진짜…….'

카르파고는 전장에 있기는 했지만, 아직 직접 전투에 끼어들지는 않았다.

'괴물 같은 새끼.'

눈으로 보고는 있지만 저게 정말 가능한 일인가 싶었다. 아니, 그렇게 생각해서는 안 된다. 그런 생각을 잡아먹으며 두려움이 커지게 되니까.

'예상대로야.'

그러니까 괜찮다.

놈이 얼마나 강한지는 산토리니에서도 봤다. 아신전을 펼쳤다지만 길드원들에게 들어가는 것은 권속의 힘뿐. 초월자에 준하는 거인의 힘이다. 사도가 아닌 인간은 절대로 감당할 수 없다.

그래.

'사도가 아니면.'

얼마나 남았지?

바알을 내려 본다. 검신은 여전히 흉흉한 붉은빛을 머금고 있었다.

카르파고는 검신 아래의 붉은 구슬을 노려보았다. 구슬 안에서 피처럼 보이는 액체가 찰랑거리고 있었다. 조금씩, 조금씩. 액체가 구슬을 채워간다.

빌어먹을 혈사자. 왜 이딴 금제를 걸어놔서.

'이딴 모조품이 아니라 진짜 바알만 있었다면…….'

"떼로 덤벼!"

카르파고가 고함을 질렀다. 그 외침에 화답하듯 백현을 노리는 공세가 거세졌다. 더 많은 헌터들이, 더 많은 공격을.

하지만 무의미하기 짝이 없는.

'왜 보고만 있지?'

시끄럽게 외쳐대기만 하고. 길드까지 통째로 데리고 와 다굴을 치는 상황이다. 힘이 부족하다는 건 인지하고 있을 터.

그나마 이 중에서 가장 강한 카르파고가 가세하지 않는다면 일방적인 학살이 계속될 뿐이다.

뭔가 노림수가 있다는 건 확실했다. 그렇다면 카르파고를 먼저 잡을까.

마타도르가 덤비는 것이 혈맹 때문이다. 카르파고가 전의를 꺾는다면 싸움은 끝이 난다.

알고 있다. 하지만 그렇게 하지 않았다. 진즉부터 카르파고를 공격하지 않았던 것처럼. 백현은 놈의 노림수에 어울려 줄 생각이었다.

놈이 노리는 게 뭔지는 몰라도. 이렇게 정면에서 싸움을 건 것을 보면 그것에 상당한 자신이 있는 모양인데. 그걸 부숴보고 싶었다. 그때 놈이 어떤 표정이 될지. 어떤 말을 할지. 그리고 그편이 지금보다 즐겁게 싸울 수 있을 것 같아서.

'바라는 게 있으면 말을 하지.'

그건 또 자존심 때문에 안 되나? 그런 생각을 하며 손을 바쁘게 움직였다.

덤비는 녀석들이 많다. 그만큼 죽음이 늘어났다. 백현의 주변에 원형을 알아볼 수 없는 시체들이 쌓여갔다.

'조금만.'

그 학살을 보고 있지만, 카르파고는 저들의 죽음에 죄책감이나 분노를 느끼진 않았다.

애초에 이것을 위해 데리고 있던 길드다. 꽤 많이 죽었지만 그게 무슨 대수인가? 어차피 혈사자와 계약한 헌터는 썩어 넘친다. 그중에서 적당한 놈들을 꼽아 새로이 혈맹을 맺으면 된다.

애당초 아신전은 그러라고 있는 권능이다. 왕을 위한 군대. 하지만 결국 중요한 것은 왕, 나 자신 아닌가. 결국, 살아남아 승리해야 하는 것은 왕이다. 지금 죽는 저들이 그 승리를 위한 발판이다.

"됐다."

절반 이상이 죽었을 때, 바알의 구체가 가득 찼다. 카르파고의 눈에 희열이 담겼다.

그는 쭉 뒤로 물러서며 바알을 높이 들었다. 구체가 쩍 갈라졌다.

백현을 공격하던 길드원들의 움직임이 멈췄다. 그들이 살아가는 시간이 정지했다.

백현은 각자의 자세로 멈춘 그들을 쳐다보았다. 심안이 불온한 흐름을 보았다. 카르파고는 그 흐름의 중심에 있었다.

"하……."

길드원들이 하나씩 쓰러졌다. 혈맹이 줄어든다. 그들이 죽을 때마다, 그들에게 어렸던 거인들의 힘이 카르파고에게 연결되었다.

인간인 그들이 감당하지 못했던 힘들이 카르파고라는 그릇에 차곡차곡 쌓여갔다.

"하하!"

아직 살아서 백현을 둘러싸고 있던 길드원들이 모두 죽었다. 백현은 그걸 물끄러미 보다가 카르파고를 쳐다보았다. 혈사자를 제외한 모든 거인의 힘이 카르파고를 가득 채웠다.

카르파고는 미친 듯이 웃어댔다.

[저 녀석…….]

악몽의 결정자도 놀란 소리를 냈다. 단순히 무한전 거인들의 힘을 길드원에게 나눠주는 것이라고 생각했는데, 그들을 희생함으로써 사도 본인이 그 힘들을 삼키다니!

"이거냐?"

백현은 카르파고를 보며 물었다.

"이거 하려고 네 부하들 끌고 오고, 나랑 싸우게 해서 죽인 거야?"

"하하하!"

카르파고는 백현의 말을 듣지 않았다. 넘치는 힘이 그를 취하게 만들었다.

백현은 헛웃음을 흘리며 주먹을 쥐었다.

"이건 좀 화나네."

정말로.

"날 이용해서 화가 나는 게 아니라. 너 따라서 싸우던 놈들을 네가 죽이는 게 화가 나."

"다를 게 뭐냐?"

미친 듯이 웃던 카르파고가 웃음을 뚝 멈추고 물었다.

"내가 바랐기에 너와 싸우다 죽고, 죽게 될 놈들인데?"

"다르지. 절반은 진짜 네가 죽인 거니까."

"어차피 죽을 놈들이다. 사도도 아닌 놈들이 거인의 힘을 쓴 이상 죽거나 병신이 될 수밖에 없다."

백현은 아신전이란 권능이 어떤 의미를 갖고, 어떤 조건에서 발동하는 것인지 알지 못했기에. 카르파고가 자기 손을 쓰지 않고 남의 손을 빌려가며 길드원들을 죽인 것을 제대로 이해할 수가 없었다.

카르파고가 발을 뻗어 걸었다.

쿠우우웅!

그 한 걸음이 땅 전체를 짓눌러 내려앉게 만들었다.

"이미 뒈진 놈들보다는 네 처지나 신경 쓰는 것이 좋을 텐데? 아신전이 완성된 이상 난 이 싸움에서 승리할 수밖에 없다. 난 지금 아신(亞神)이 되었으니까!"

신격이 없을 뿐이지, 지금 카르파고에게 깃든 힘은 신격을 논하기에 충분했다. 백현도 그건 느끼고 있었다.

"그래?"

백현의 눈이 가늘어졌다.

"벌써부터 승리 어쩌고 하는 건 이르지 않아?"

"하하하!"

"작작 웃어."

짧은 내뱉음이 끝났을 때. 백현은 그 자리에 없었다. 순식간에 펼쳐진 질풍신뢰가 공간을 관통했다.

백현은 여전히 웃어대는 카르파고의 목을 향해 손을 뻗었다.

카르파고의 눈이 빠르게 움직였다. 그는 홱 등을 제치면서 바알을 휘둘렀다. 섬뜩한 예감이 들었다.

붉은빛이 터지며 공간을 찢어발겼다. 간발의 차이로 그 궤적을 앞서간 백현의 손이 카르파고의 팔을 잡았다.

어마어마한 힘이 백현을 끌어당겼다. 카르파고는 팔에 매달린 백현을 통째로 휘둘렀다.

백현의 몸이 하늘로 날아갔다. 그 즉시 카르파고는 하늘을 향해 검을 찔렀다.

푸확!

붉은빛이 노도처럼 쇄도했다. 무식하기 짝이 없는 힘이다. 천의무봉으로 흐름을 틀어내는 것은 무리였다. 그렇다면 기세를 줄여볼까.

검은빛에 휘감긴 백현의 손이 뻗어졌다.

쿠르르릉!

백현의 강기가 참격을 가로막았다. 반대쪽 손이 허공을 붙잡았다.

충돌로 기세가 꺾인 순간 생겨난 흐름. 천의무봉이 그에 간섭했다. 빛이 수십 갈래로 갈라졌다.

카르파고는 조금도 당황하지 않았다. 이 넘치는 힘을 재미 삼아 분출한 것뿐이다.

[쯧.]

카르파고의 머릿속에서 혈사자가 혀를 차는 소리를 냈다. 하지만 지금 카르파고는 그걸 듣지 못했다.

과열된 흥분, 저 개자식을 죽여 버릴 수 있다는 확실한 예감 때문이었다.

"다들 그러더라."

백현은 작은 소리로 중얼거렸다.

"갑자기 힘을 얻으면 흥분해서 미쳐 날뛰어."

놈은 강하다. 아신인지 뭔지 하며 떠들 만큼은 됐다.

"×도 아니면서."

그 중얼거림에는 경멸이 담겨 있었다.

5장
금이 가는

카르파고는 백현의 경멸을 우습게 여겼다.

오지랖이 쓸데없이 넓은 자식이다. 당장 자기가 죽을 판인데 이미 뒈진 놈들을 위한 경멸을 품다니? 아니면 아직 이 상황을 제대로 이해하지 못한 걸까?

어느 쪽이든 상관없었다. 카르파고는 자신의 몸을 가득 채운 이 힘을 어떻게 해서든 분출하고 싶었다.

사도인 그조차도 가늠할 수 없는 이 거대한 힘! 무한전의 주인인 혈사자를 제외한 모든 거인의 힘이 카르파고와 연결되어 있었다. 모든 것이 카르파고의 설계대로였다.

그는 진즉부터 이 장소를 지정하여 아신전을 위한 토지로 삼았다.

만약 백현이 싸우려 들지 않았더라면 곤란했겠지만, 놈은 생각했던 대로 수백과 싸우는 것을 불리함이라 여기지 않고 덤벼왔다. 그렇게 '전쟁'이 성립되어 아신전을 펼칠 수 있었다.

'잘 봐.'

산토리니 이후 시선을 주지 않았던 혈사자. 지금 와서 그가 전한 것은 비웃음뿐이다. 카르파고는 그 비웃음을 지워 버리고 싶었다.

그날은 저 자식에게 공포를 느꼈다. 대놓고 하는 도발이 자존심을 박박 긁어댔지만, 뭐라 대응할 수 없었다. 그것을 본 혈사자가 한심함을 느꼈다는 것은 안다.

하지만 오늘은 다르다.

시뻘건 배틀 오러에 휘감긴 카르파고가 땅을 박찼다. 통째로 주저앉는 지면을 뒤로한 카르파고가 바알을 휘둘렀다. 참격이 지면을 갈랐다.

그걸 지켜보던 백현이 자세를 낮추었다. 그의 이동은 카르파고처럼 요란하지 않았다. 그는 소리 없이 이동하여 참격을 뛰어넘었다. 가까운 거리까지 접근한 뒤에 손을 뻗었다.

카르파고가 홱 고개를 돌려 백현을 보았다. 보인다. 놈의 눈이 그렇게 말하는 듯했다.

백현은 동요 없이 펼친 손을 내밀었다. 카르파고가 상체를 비틀어 돌렸다. 바알을 쥐지 않은 왼손이 백현의 손을 받겠다.

놈의 억센 손에는 파괴적인 힘이 깃들어 있었다.

정면충돌을 피했다. 백현의 손이 유연하게 꺾이며 카르파고의 손바닥을 지나쳤다.

손목을 튕겨 손등으로 놈의 관절을 타격했다. 하지만 놈의 팔은 미동도 하지 않았다.

예전에 싸웠을 때와 똑같았다. 놈에게는 경이적일 정도의 방어 권능이 있다. 하지만 만능은 아니다. 타격할 때마다 놈을 휘감은 흐름이 출렁거린다. 때리다 보면 깨진다.

카르파고는 오러실드의 견고함을 앞장세우고서 확 하고 몸을 기울였다. 어깨로 백현을 압박하고 왼팔을 벌려 백현을 끌어안으려 했다.

백현의 몸이 아래로 푹 꺼졌다. 그는 몸을 완전히 뒤로 기울여서 카르파고의 팔 아래를 지나쳤다.

흘려놓은 은사가 나풀거리며 카르파고의 몸을 휘감았다. 몸이 교차된 순간, 은사가 홱 당겨졌다. 수십 가닥의 은사가 카르파고의 몸을 죄였다.

거기서 더. 백현의 손끝이 은사를 튕겼다.

꽈찌지직!

광란귀곡이 요란하게 울려 퍼졌다. 그 끔찍한 소음에 실린 공력은 은사를 매개로 하여 낭비 없이 카르파고에게 꽂혔다.

오러실드가 크게 출렁거렸고 카르파고의 두 귀에서 시커먼 피가 흘렀다. 하지만 그는 비명 한번 지르지 않았다.

푸확!

배틀 오러가 부풀며 은사를 모조리 소멸시켰다.

'강기공은 안 돼.'

바알은 강기를 집어삼킨다. 그렇다면 철저하게 타격 위주로 간다.

백현의 손이 잔상을 그렸다.

그는 이쪽을 돌아본 카르파고의 안면을 향해 확 손을 뻗었다. 활짝 펼친 손바닥이 카르파고의 시야를 순간 가렸다. 잡기라 할 잔재주지만 그것도 쓰는 사람 나름이다.

찰나라지만 시야가 차단되었다. 카르파고는 급히 고개를 뺐고, 기다렸다는 듯이 백현의 주먹이 턱을 후려쳤다.

때렸는데 때린 것 같은 느낌이 없다. 아직 실드가 건재하다.

"개자식!"

카르파고가 고함을 질렀다. 높이 든 발이 지면을 내리찍었다. 한 번의 발 구름으로 지면이 모조리 박살 났다. 융기해 오른 땅거죽이 붉은 오러를 내뿜으며 백현을 덮쳤다.

백현은 아래에서 솟구치는 충격에 저항하지 않고 위로 치솟았다. 날개처럼 펼친 양팔이 너울너울 움직였다.

추격해 오른 카르파고는 그 동작에 현혹되지 않고 검을 찔렀다.

백현의 몸이 팽이처럼 회전했다.

카가각!

회전을 멈추지 않고 앞으로 튀어 나가, 내찌른 바알을 지나쳤다. 공격을 지나쳤음에도 회전은 멈추지 않았다.

퍼버벅!

휘둘러 친 연타가 카르파고의 가슴을 타격했다. 백현도, 카르파고도 아무것도 느끼지 못했다.

뭔 상관인가? 타격이 끝난 순간 백현의 몸이 검은 번개가 되어 사라졌다.

"모기 같은 새끼!"

카르파고가 악을 썼다. 스멀거리며 올라오는 예감을 거부했다. 아신전은 완성되었고 그는 아신이 되었으나, 전투의 흐름은 그가 예상했던 것과는 전혀 달랐다.

등 뒤에서 섬뜩한 느낌이 들었다. 느꼈을 때는 이미 늦었다. 백현의 쌍장이 카르파고의 등을 쳐 갈겼다. 여전히 건재한 오러실드 덕에 무의미한 타격이라 해도, 맞을 생각이 없었는데 맞았다는 것이 불쾌했다.

뒤돌아보는 대신에 카르파고는 몸을 숙였다. 그의 양팔이 울룩불룩거리며 부풀었다. 그는 몸뚱이보다 비대해진 양팔로 바알을 붙잡았다. 바알도 크기가 함께 커져 있었다.

콰아아!

두 손으로 잡은 바알이 풍차처럼 회전했다. 무식하기 짝이 없는 공격이었지만 보기와 다르게 틈이 없었다. 검신에서 줄기차게 뿜어지는 붉은빛이 백현의 접근을 완전히 차단하고 있었다.

그렇다면 안 되는 것에 매달리지 않고 아예 거리를 벌려 버린다. 백현는 카르파고에게 시선을 고정하면서 빠르게 위로 치솟았다.

카르파고는 빠득 이를 갈며 구름을 뚫고 멀어지는 백현을 추격했다.

'부족해.'

힘은 넘친다. 그런데도 부족하단 생각이 든다. 저깟 자식 잡히기만 하면 터뜨려 죽여 버릴 수 있는데!

'내 몸이 너무 작아.'

백현을 추격해 하늘을 관통하는 카르파고의 몸이 꿈틀거렸다.

퍼어엉!

구름이 흩어졌다. 백현은 하늘 한복판에 뒷짐을 지고 서 있었다. 그는 거대해진 카르파고를 보며 휘파람을 불었다.

"변신도 하냐?"

카르파고는 대답하지 않았다.

짧은 비행 사이에 카르파고는 커다란 덩치의 거인이 되어 있었다. 갑옷이 덩치에 맞게 늘어난 것이 천만다행이었다.

"아까랑 표정이 다르네."

백현은 살기등등한 카르파고의 얼굴을 보며 중얼거렸다.

아신이 어쩌고 하면서 웃던 때와는 전혀 다른 얼굴이다. 저런 걸 보고 싶었다. 하지만 아직은 만족할 만한 얼굴이 아니었다.

"생각했던 것과는 다르지?"

그 말만이 남았다.

시야가 뒤흔들렸다. 카르파고의 머리가 휘청거리며 옆으로 기울어졌다. 질풍신뢰에서 튀어나온 즉시 두 발로 놈의 광대를 걷어차 주었다.

보통 이런 경우에는 크기가 커진 만큼 둔해지는데.

'그런 것 같지도 않군.'

걷어찬 머리가 되돌아와 박치기를 해왔다. 뒤로 쭉 물러서니, 어느새 솟구친 거대한 손이 백현을 잡으려 들었다.

오히려 몸을 움직이는 속도가 아까보다 빠른 것 같았다. 거기에 커진 만큼 공격 범위도 늘어났다. 몸을 불리면서 나름의 이점을 얻은 모양이었다.

하지만, 커져서 무조건 유리해진 것은 아니었다. 그만큼 때릴 곳이 많아졌다.

손가락이 얽혀오는 순간, 검은 전류가 백현의 몸을 집어삼켰다. 멀리 이동하지 않았다.

꽉 쥔 주먹 위로 이동한 백현은 허리를 활처럼 뒤로 젖혔다.

파앙!

젖힌 몸이 튕기며 앞으로 쏘아져 나갔다. 쭉 뻗은 발이 카르파고의 손목 관절을 내리찍었다. 여전히 오러실드가 카르파고의 몸 전체를 휘감고 있었다.

백현은 그 오러실드의 위를 달렸다.

쾅, 쾅, 쾅!

백현의 발을 휘감은 시커먼 빛이 발을 디딜 때마다 오러실드 위에 족적을 남겼다. 백현은 카르파고의 팔을 타고 올라가며 목젖으로 돌진했다.

카르파고가 팔을 휘둘렀다. 그 거센 힘에 백현의 몸이 붕 날았지만, 미리 휘감아둔 은사가 백현을 다시 카르파고 쪽으로 끌어당겼다.

카르파고는 얼굴을 일그러뜨리며 바알을 휘둘렀다. 거대해진 검이 섬뜩한 소리를 내며 정면을 덮쳤다.

커진 만큼 범위가 크다. 그만큼 피하기도 쉬웠다. 백현은 더욱 가속하며 검격 아래로 파고들었다.

거기서 확 꺾어서 위로 날아오른다. 카르파고가 기다렸다는 듯이 왼손을 펼쳐 백현의 경로를 차단했다.

그럴 줄 알았다. 백현의 속도가 거기서 더 올랐다. 그는 순식간에 카르파고의 손가락 사이를 지나면서 은사를 풀었다.

파바박!

수백 가닥의 은사가 카르파고의 손가락들을 휘감았다.

백현은 카르파고의 손을 중심으로 몇 바퀴나 돌았다. 카르파고의 왼손에 은사를 잔뜩 감고서, 다시 한번 은사들을 죄다 뜯어 튕겼다.

끼아아아앙!

은사가 수백 수천 번 진동하고 광란귀곡이 다시 한번 펼쳐졌다.

카르파고는 왼손의 저릿거림에 얼굴을 일그러뜨렸다.

'대체 왜?'

이해가 되지 않았다. 그는 지금 아신이 되었고, 그만한 힘을 가지고 있었다.

카르파고의 힘은 백현보다 강했고 속도도 백현보다 빨랐다. 그의 눈은 백현의 움직임을 모두 보고 있었다.

그런데도. 이 싸움에서 카르파고는 단 한 번도 백현에게 유효한 공격을 넣지 못했다. 그의 공격은 모두 빗나갔고, 오히려 백현이 카르파고를 농락하고 있었다.

'뭐가 부족한 거야?'

경험.

아신전을 펼친 것은 이번이 처음이다. 아신의 힘을 사용하는 것도 이번이 처음이다.

또한, 카르파고는 자신과 동등하거나 그보다 훨씬 강한 상대와 싸워본 경험이 압도적으로 부족했다.

시간의 흐름이 다른 무한전. 그곳에서 카르파고는 어마어마한 횟수의 전투를 겪으며 전투 경험을 쌓았다. 그곳에서 쉬웠던 전투는 없었다.

하지만 무한전의 상대들이 압도적으로 강했나? 그렇지는 않았다.

무한전에서 카르파고를 지쳐 쓰러지게 만들었던 것은 너무 많은 적이었다. 죽여도 죽여도 수가 줄어들지 않는 대군(大軍). 그렇게 싸우다가 지치면, 피로와 대미지가 누적되어 쓰러지던 것이 대부분이었다.

백현과 카르파고는 겪어온 것들이 달랐다.

백현은 자기보다 강한 상대와는 셀 수 없이 많이 싸워봤다. 대군과 싸운 경험은 적어도 절대 이길 수 없을 것 같은 상대에게서 수백, 수천, 수만 번의 패배와 죽음을 겪었다. 도원경에서, 선계에서, 그리고 어비스에서.

그래서 자기보다 강한 상대와 싸울 때 어떻게 싸워야 하는지 알았다. 카르파고가 힘과 속도에서 앞선다지만 기교적인 면에서는 백현이 압도적으로 우위에 있다.

그렇다면 그를 중점으로 해 공략하면 된다. 카르파고의 좁은 시야와는 다르게 백현은 그보다 훨씬 먼 곳을 본다. 카르파고가 한 수 앞을 예상한다면 백현은 놈이 예상한 수에서 몇 수는 앞서 행동을 계산한다.

천의무봉은 카르파고가 만들어내는 흐름에 간섭할 수 없지만, 그렇다고 해서 심안이 쓸모없어진 것은 아니다. 저 거대한 흐름은 너무 잘 보인다.

카르파고와 처음 싸웠을 때. 백현은 놈의 움직임이 실전에 특화되어 있다는 것에 놀랐었다.

놈의 움직임이 자신보다 낫다고 생각한 적은 단 한 번도 없었다. 놈이 사도가 되어 어떤 나날을 보내며 수행했는지는 모르지만, 백현은 이것만은 확신했다. 놈이 보낸 시간보다 내가 보낸 시간이 훨씬 더 큰 가치를 가지고 있다.

"크아아!"

울부짖는 소리가 시끄럽다. 덩치만큼이나 목청도 커져서, 놈의 외침이 하늘을 뒤흔들었다. 미친 듯이 휘둘러 대는 바알에는 산을 소멸시키고 바다를 가를 힘이 실려 있었다.

하지만 베지 못한다. 쉼 없이 휘둘러 만드는 난무는 허공만 베어댈 뿐.

'괜히 피해를 키워선 안 되지.'

여기가 어비스라면 이렇게까지 신경을 쓰지 않아도 되겠지만, 이곳은 어비스가 아닌 현실이었다. 거리가 꽤 되기는 해도 근처에 도시도 있다.

그래서 백현은 카르파고의 공세를 이쪽으로 의도했다. 큰 피해를 내겠다 싶은 공격은 도시가 없는 방향으로.

만만한 것은 역시 하늘이었다. 재수 없게 지나가는 비행기가 파괴되는 확률이 얼마나 될지는 모르겠지만, 아예 도시 쪽으로 공격을 날리는 것보다는 나을 것이다.

그런 식이었다.

막무가내로 휘두르는 공격. 분을 못 이기고 쏟아내는 공격. 닿을 듯 말 듯 애간장을 태우는 회피는 카르파고가 어디를 노리게 할지를 의도했다. 그렇게 되는 이상 피하고 때리는 것은 쉬웠다.

아직까지 상황을 깨닫지 못한 걸까.

'모르니까 넌 나보다 약한 거야.'

이건 무아(無我)가 아니다. 그걸 느끼게 할 상대도 아니다. 지금 백현은 틀림없이 자신을 인지하고 있었고, 그의 모든 행동은 그가 의도한 대로였다.

하지만 이 상황을 관조(觀照)하며 지배하는 백현이 느끼는 기분은 무아의 해방감과 닮아 있었다.

빠직.

서로가 다른 의미를 갖는 소리를 들었다.

씨앗의 껍질에 얇게 금이 가는 소리. 그리고 오러실드가 박살 나는 소리였다.

오러실드가 박살 나는 소리가 카르파고의 귓속에서 천둥소리처럼 크게 들렸다.

벌써 박살 났다는 것이 경악스러웠다. 제법 많이 맞았다는 것은 인지하고 있었으나, 아신이 됨으로써 오러실드도 이전보다 훨씬 견고해졌다. 그런데 그 오러실드가 이렇게 쉽게, 빨리 박살 나다니!

"이럴……."

"얼마나 아픈지 몰랐잖아."

백현은 자신이 들었던 소리가 오러실드가 박살 나는 소리뿐이 아님을 알았다. 그 소리는 마치, 단단한 씨앗이나 알껍데기가 깨지는 것 같은 소리였다.

'그냥 기분 탓인가?'

기분 탓이면 뭐 어떤가. 지금의 기분이 나쁘지 않았다.

백현은 알 수 없는 해방감의 여운을 느끼며 말했다.

"직접 맞아보면 알 거야."

오러실드 위를 두들겼던 공격 중 건성으로 한 것은 하나도 없었다. 부서져라, 부서져라. 그 일념을 확실하게 담으며 공격을 퍼부었다.

그리고 이제야 카르파고를 보호하고 있던 오러실드를 박살 냈다.

이제는 카르파고를 박살 낼 차례였다. 파천신화공의 검은 기류가 백현의 팔다리를 휘감았다.

내달리는 백현을 보며 카르파고가 포효성을 내질렀다.

그 시끄러운 외침이 지긋지긋했다. 뭔 개새끼도 아니고 짖어

대기만 하는 게.

놈이 휘두르는 검은 여전한 위력을 담고 있었다. 거짓 불멸성이 있다지만 제대로 맞으면 치명적이다. 그러나 맞을 생각은 없었다.

참격의 타이밍을 간파하고 들어갈 수 있는 순간에 들어갔다. 양팔로 휘감지 못할 정도로 거대한 손목을 노렸다. 올려 찬 무릎이 툭 튀어나온 손목뼈를 타격했다. 동시에 뻗은 양손으로 놈의 팔뚝을 단단히 잡았다.

뿌드드득!

거센 악력이 카르파고의 팔뚝 피부를 뒤틀었다. 워낙 굵고 억센지라 뼈까지 부러뜨리는 것은 무리였지만, 피부와 근육을 파열시키는 것에는 성공했다.

튀어 오르는 피가 덩치만큼 많았다. 피를 뒤집어쓰고 싶지는 않아서 팔뚝 아래로 내려왔다.

솔직히 고통은 대단하지 않았다. 팔뚝이 좀 터졌다지만 재생은 순식간이다. 하지만, 상처는 이미 재생되었는데 뭔가 거슬렸다.

재생된 팔뚝에서 핏물이 방울져 흘렀다. 카르파고의 눈이 부릅떠졌다.

알아차리는 것은 늦었다. 백현은 팔뚝 안에 박아 넣었던 은사들을 강하게 쥐었다. 공력이 가득 실린 손끝이 은사를 뜯었다.

뻐어어엉!

카르파고의 귀에서 피가 뿜어지고 안구가 터졌다. 몸 안에서 펼쳐진 광란귀곡은 카르파고의 팔뚝을 터뜨렸고 그의 내장을 갈기갈기 찢었다. 오러실드를 두르고 있을 땐 느끼지 못했던 끔찍한 고통에 카르파고의 입이 쩍 벌어졌다.

터뜨린 팔뚝이 재생하기 전. 백현은 우선 거슬리는 것을 하나씩 치우자고 마음먹었다. 그가 노리는 것은 오른손의 바알이었다. 강기공을 쓰는 것에 저 마검이 거슬린다.

카르파고가 고통에 몸을 비튼다. 마냥 고통에 휘둘리지는 않았다. 눈동자는 아직 재생되지 않았지만, 감각에 날을 세워 백현의 움직임을 느꼈다.

바알이 움직였다. 위기감을 느낀 것인지 검로가 다채로워졌다. 아까처럼 아신인지 뭔지의 스펙만 믿고 휘둘러 대는 공격이 아니었다.

그래 봤자 백현의 눈에는 뻔했다. 변칙이랍시고 방향을 꺾는 것도, 이쪽으로 들어오라는 듯이 뻔하게 열어둔 틈도.

빠각!

짧게 끊어 친 주먹이 카르파고의 손가락을 부러뜨렸다.

찌르르 떨린 손가락이 펼쳐졌을 때, 백현은 재빨리 놈의 손가락을 붙잡았다. 그것을 아예 비틀어 뽑아버리고 엄지손가락을 향해 달려들었다.

"끅!"

엄지손톱을 뒤집어주었다. 고문 중의 대표라 할 것이 손톱을 뽑는 것이다. 그만큼 아프단 뜻이다.

손톱이 뽑힌 엄지손가락을 발로 짓밟아 으깼다. 그 뒤에 놈의 손목을 향해 은사를 내뿜었다. 피부 바로 아래로 은사가 얕게 뚫고 들어갔다.

촤라락!

은사가 꿈틀거리며 날뛰었다. 강기를 듬뿍 머금은 은사가 카르파고의 살을 엉망으로 저몄다.

은사를 되감으며 가속한 백현의 주먹이 손목 정중앙을 때렸다. 저몄던 살들이 쫙 펴지면서 손목뼈가 부러졌다.

그렇게 되니 바알을 더 쥐고 있을 수 없었다. 벌린 손에서 바알이 떨어졌다. 그 시점에서 카르파고의 두 눈이 재생했다. 그는 부릅뜬 눈으로 떨어지는 바알을 보았다.

쥐려고 뻗는 손. 그걸 내버려 두었다. 어차피 쥐지 못할 테니까.

백현은 공중을 박차고 앞으로 내달렸다. 텅 빈 가슴을 노리고 오른 주먹을 쥐었다.

꽈앙!

강기의 폭발 속에서 백현의 주먹이 카르파고의 가슴에 처박혔다. 씰룩거리는 입술이 결국 벌어지며 피를 뿜었다.

백현은 조금 물러선 카르파고의 가슴팍을 향해 연이어 일장을 갈겼다. 늑골이 으스러지는 감촉을 확실히 느꼈다.

"끄으!"

억누른 신음 소리와 함께 카르파고가 손을 휘둘렀다. 백현은 피하지 않고 상체를 기울였다.

들린 오른발이 제 자리에서 쏘아졌다. 거인의 손바닥과 백현의 발이 충돌했다. 카르파고의 손등이 터졌다.

혈사자의 목소리는 들리지 않는다.

카르파고는 요동치는 감정을 외면하려 애썼다. 감각 없는 손을 내버려 두고 반대편 손을 휘둘렀다. 백현의 머리 위로 커다란 손바닥이 떨어졌다.

파직!

타격 직전에 백현은 질풍신뢰를 펼쳤다.

"덩치 줄이는 게 낫지 않을까?"

진심으로 한 말이었다. 크기로 압도하지 못하는 이상 저 덩치는 오히려 족쇄가 된다. 피할 만한 공격도 너무 커서 맞게 된다.

귀 옆에서 들린 말이었다. 카르파고가 고개를 돌리는 것보다 백현이 주먹을 뻗는 것이 더 빨랐다.

정확히 관자놀이를 때린 타격이 카르파고의 뇌를 뒤흔들었다. 흐릿한 시야 너머로 본 것은 셀 수 없이 많은 꽃잎이었다.

마룡왕에게는 제대로 통하지 않았지만, 카르파고는 마룡왕이 아니다. 나부끼는 꽃잎들이 제각각의 검기를 펼쳤다. 끝나지 않을 것 같은 난도질이 카르파고를 뒤흔들었다.

'아…….'

미친 듯이 손을 휘저으며 꽃잎들을 흩뜨린다. 그 사이에서 검은빛이 번쩍였다.

꽈아앙!

천혼광도의 검은 강기가 카르파고를 침략했다. 카르파고의 왼팔이 흔적도 없이 소멸했다.

'아…… 안 돼.'

처음 아신전을 펼쳤을 때의 자신감은 이젠 흔적도 남지 않았다. 확실하게 이길 수 있는 모든 준비를 갖추었다고 생각했다. 그 준비에 문제는 없었다. 모든 것이 계획대로 이루어졌다.

처음부터 잘못되었던 것이다. 오판했다. 놈의 힘은 아신전을 완성했다고 해서 상대할 만한 것이 아니었다. 사도보다 강하다는 것쯤은 알았지만, 저 힘은 군주를 논할 수 있을 정도였다.

'아니, 아니야.'

적셔오는 공포를 향해 들으라 악을 썼다.

아직 하나도 잘못되지 않았다. 그는 여전히 아신이었고, 죽지도 않았다. 그의 몸에는 여전히 무한전 거인들의 힘이 어려 있었다.

"이 개새끼야!"

포기하지 않았다는 것이 의외는 아니었다. 아집 가득한 발악일 뿐이다. 흥분해 덤비는 동작은 이전보다 간파하기 쉽다.

너무 큰 턱을 휘둘러 쳤다. 목에 핏대가 설 정도로 힘을 주어 버티지만, 그것보다는 버티지 않고 돌아가게 두는 편이 나았을 것이다.

찌잉 울리는 충격에 카르파고의 눈동자가 흔들린다. 백현은 느슨히 벌어지는 카르파고의 입술을 터뜨려 주었다.

박살 나 튀어 오른 이빨을 딛고 도약해 놈의 코를 무릎으로 찍었다. 그 충격에 카르파고의 머리가 뒤로 기울다가 멈췄다.

백현은 양손에 쥔 은사를 당겼다. 카르파고의 머리가 다시 앞으로 기운다.

백현은 은사를 놓지 않고 몸을 뒤집어, 양발로 카르파고의 얼굴 한복판을 걷어찼다. 거인이 추락했다.

백현은 놈을 서둘러 쫓지 않았다. 놈을 패는 것에 정신이 팔려 사라를 살피지 못했다. 그러고 보니 헤루샤도 안 보인다.

'뭐야?'

사라와 헤루샤의 기척이 잡힌다. 대체 무슨 일인지 모르겠지만, 싸우는 것 같지도 않았다.

그냥 같은 장소에 있었는데, 대화를 나누는 것 같았다.

'서로 대화를 나눌 사이는 아닐 텐데?'

거기에 헤루샤가 은신을 풀고 나와 있다는 것이 의외였다.

사라의 걱정은 하지 않는다. 백현이 느낀바, 헤루샤가 사라를 위협할 정도의 실력은 아니었다. 뭔 상황인지는 모르겠지만 우선 카르파고부터 정리하는 게 나을 것 같았다.

뒤집힌 땅 위에 카르파고는 대자로 누워 있었다. 지척에 떨어진 바알은 아직도 붉은빛을 내뿜어대고 있었고, 카르파고는 정신을 잃은 것 같았다.

백현은 바알을 한번 힐긋 본 뒤에 카르파고에게 다가갔다. 기절한 탓인지 놈의 덩치는 예전과 같이 줄어 있었다. 죽은 것은 아니었고, 놈에게는 여전히 거대한 힘이 어려 있었다.

제대로 쓰지도 못하는 힘이다. 만약 제대로 썼다면 어땠을까.

무의미한 가정이었다. 카르파고가 쌓은 경험으로는 저 힘을 제대로 사용할 수 없다. 만에 하나라도 놈이 저 힘을 제대로 썼다면. 그때는 싸워보면서 쓰러뜨릴 방법을 찾았겠지.

결국, 바뀌는 것은 없다.

"……끄윽."

카르파고가 눈을 떴다.

그는 몸을 튕겨 벌떡 일어섰다. 자신의 몸이 작아졌다는 것에 순간 당황했지만, 그에 신경 쓸 겨를은 없었다. 고작 몇 걸음 사이에 백현이 서 있었다.

"으아아!"

카르파고가 악을 쓰며 달려들었다. 근성인지 미련인지. 아직까지 덤비려 하는 것이 웃겼다. 휘둘러 뻗은 주먹을 맞이하며 손을 내밀었다.

터억!

내밀은 팔이 카르파고의 팔에 걸쳤다. 백현은 바짝 붙어 카르파고가 파을 움직이지 못하게 압박하고서, 반대쪽 주먹으로 놈의 옆구리를 때렸다.

그 충격에 카르파고의 몸이 뒤틀렸다. 백현은 한 번 더 놈의 옆구리를 때린 뒤에, 압박하고 있는 놈의 팔을 붙잡아 등 뒤로 비틀었다.

우둑!

관절이 박살 나며 팔이 힘없이 축 처졌다. 거기서 한번 놓아주자, 카르파고는 홱 몸을 돌렸다.

포기 없이 뻗은 주먹을 손바닥으로 쳐냈다. 방향이 꺾인 몸뚱이가 주먹에 휘둘려 기울어진다.

짜악!

그 틈을 노리고 정확히 손을 휘둘렀다. 찰진 소리와 함께 카르파고의 고개가 홱 돌아갔다.

"후회 안 할 거냐고 물었어."

고막이 터진 덕에 중얼거리는 소리가 멀게 들렸다. 카르파고는 힘이 풀려 후들거리는 다리를 붙잡았다.

"난 네게 기회를 줬고, 그걸 거부하고 덤빈 건 너야. 그렇지?"

비틀거리며 물러선 카르파고의 눈동자가 덜덜 떨렸다. 입안을 가득 채운 피의 맛이 익숙했고, 그게 싫었다.

"왜 그랬어?"

팔다리가 떨린다. 너무 많이 맞아서, 몸이 제대로 움직이지 않는 것은…… 아니다. 카르파고에게 상처는 없었다. 상처가 계속, 계속 재생된다.

하지만 마음이. 절망과 공포가 쌓여가 결국 꺾여서 포기에 닿아가는 마음은, 몸뚱이의 상처와는 다르게 절대로 재생되지 않는다.

산토리니에서 느꼈던 것보다 훨씬 거대한 공포가 카르파고의 마음에 번져갔다. 기껏 악을 써대며 떨쳤는데, 지금은 도저히 떨칠 수가 없었다. 그런 마음조차 들지 않았다.

산토리니에서 천존에게 퍼붓는 폭력에 압도되었다. '두려움'이 무엇인지 알게 되었다. 단순히 보는 것만으로도 그렇게 되었는데. 직접 겪어버리고 말았다.

그렇게 된 이상 다시는 돌아갈 수 없다. 카르파고 본인도 그걸 느꼈다. 나는 앞으로, 절대로 저 괴물에게 저항할 수 없다는 것을.

"안 그랬으면 됐잖아. 후회하지 않냐고 물어봤을 때 물러났으면."

백현은 성큼거리며 카르파고에게 다가갔다. 이를 꽉 물고서 백현을 노려보던 카르파고가 흠칫 몸을 떨었다.

웃기고 추한 얼굴이었다. 보고 싶었던 얼굴이기도 했다. 하지만 막상 보니 만족감보다 한심함이 더 컸다. 완전히 꺾여 버린 놈의 얼굴은 저리도 한심했다.

백현이 손을 들었을 때, 카르파고는 그의 의지와는 상관없이 어깨를 움츠렸다. 결국은 그것이 카르파고의 의지였다. 학습된 두려움이 그렇게 움직이게 만든 것이었으니.

'제발.'

날아오는 손바닥을 보며.

'혈사자, 제발…….'

카르파고는 이쪽을 보지 않는 군주를 불렀다.

아직 늦지 않았다. 꺾여 버린 마음속에서 오기가 아직 남았다.

혈사자가 강신한다면. 이 상황을 뒤집을 수 있을 것이다. 카르파고는 제발 그렇게 되기를 간절히 바랐다. 이대로 가다가는, 나는, 저 괴물을 절대적인 공포로 여기게 된다.

쩌억!

따귀치고는 너무 강했다. 카르파고의 몸이 붕 떠올라 바닥을 뒹굴었다. 대단한 고통도 아니었지만 카르파고는 그것이 너무 큰 아픔을 느꼈다. 박살 나버린 마음 때문이었다.

'이건 안 돼…….'

오기가 꺼져간다.

혈사자는 답하지 않았다. 백현은 성큼거리며 카르파고에게 다가갔다. 일어서던 카르파고는 백현이 다가오는 것을 보며 헉 하고 숨을 삼켰다.

그는 엉덩이를 뒤로 끌면서 거리를 벌렸다. 그 뒤에 자신이 한 행동이 얼마나 꼴사납고 한심한지를 알고서 얼굴을 일그러뜨린다. 그런 주제에 일어서지 못하고 움츠린 어깨를 떤다.

백현은 잠시 동안 그런 카르파고의 얼굴을 쳐다보았다. 그 어느 때보다 진한 경멸을 눈에 담아서.

"등신."

조롱으로 뱉은 말이 아니었다.

카르파고를 비웃을 생각은 없었다. 그저, 거창하게 떠벌리며 센 척하던 놈이 저러는 것이 혐오스러웠다.

6장
존재하지 않는

꽤 오랫동안 사라와 헤루샤는 서로를 쳐다보았다.

서로가 많은 말은 하지 않았다. 얼핏 보면 서로 경계하고 있는 것 같았지만, 가장된 경계였다.

사라는 헤루샤가 자신에게 적의를 품지 않고 있음을 알았다. 그런 주제에 틈은 최대한 보이지 않는다. 공격할 생각은 없지만 그렇다고 공격당하고 싶지도 않다는 느낌이었다.

그건 사라도 마찬가지였다. 이렇게 마주하기는 했지만, 사라는 헤루샤가 적이 아니라는 것을 알았다. 적의가 없는 상대. 그렇다고 나서서 공격하지도 않는다. 다만, 저 애매한 태도가 신경 쓰였다.

"언제까지 그럴래?"

대치가 좀처럼 끝나지 않고 이어지는 중, 사라가 먼저 입을 열었다. 그녀는 두 눈을 가늘게 뜨고서 헤루샤의 얼굴을 노려보았다.

"싸우자는 거야, 말자는 거야?"

"난 지금이 좋아."

침묵 없이 헤루샤가 입을 열었다. 그녀는 주변에 널브러진 팔로워들을 힐긋 보았다.

전투의 소리가 요란하다. 높은 곳에서 울려대는 굉음이 하늘을 무너뜨리려 하는 것만 같았다.

"너랑 이러고 있으면, 내가 해야 할 일을 하지 못할 테니까."

사라는 헤루샤의 목소리에서 노골적인 불쾌감을 느낄 수 있었다. 지금 그녀는 일관적인 태도로 자신을 숨기지 않고 있었다.

사라가 눈썹을 찡그렸다.

"네가 해야 할 일이 뭔데?"

"죽이는 거."

헤루샤가 대답했다.

"내 주군은 농장의 주민들까지 모두 죽이라고 명령했어. 시켰으니 해야 하겠지만, 나는 솔직히 그렇게까지는 하고 싶지 않거든."

사라가 헛웃음을 터뜨렸다. 그녀는 손을 들어 하늘 위를 가리켰다. 그곳에서는 아직 백현과 카르파고가 싸움을 벌이고 있었다.

"저 자식 말이야?"

“응.”

“싫으면 안 하면 되는 거잖아?‘

“그럴 수 없으니 문제인 거지. 네게도 나쁜 이야기는 아니잖아? 무턱대고 싸우는 것보다는, 이렇게 서서 시간이나 때우는 게 어때?”

즉, 헤루샤는 사라를 변명거리로 쓰기 위해 이용하고 있는 것이다.

그녀가 카르파고를 주군으로 둔 이상, 카르파고가 내린 명령을 수행할 수밖에 없다. 하지만 사라가 끼어든다면, 명령을 수행하지 못한 이유로 댈 수 있게 된다.

“차라리 네가 나에게 쓰러지면?”

“그렇다면 주군은 내 힘을 의심하겠지.”

“이러고 있는 건 괜찮고?”

“패배하는 것보다는 나아. 솔직히 내가 널 이길 수 있다는 자신도 없고, 기습이 아닌 정면 대결에서는 내 패배 확률이 더 높아.”

헤루샤는 솔직하게 대답해 주었다. 그녀는 냉철하게 자신과 사라의 전력을 분석했고, 자신의 패색이 더 짙다는 것을 잘 알고 있었다. 애당초 암막의 주인의 권능은 정면 승부에 특화된 것이 아니다.

“이렇게 너와 마주치게 된 것부터가 주군의 명령을 수행하지 못하게 되는 이유가 된 거야. 물론…… 내가 하려는 것을 네가 방해하지 않는다면 이유로 써먹을 수 없겠지만. 혹시나 해서 물어보겠는데, 내가 농장의 일반인을 죽이려 한다면 넌 어쩔래? 나를 막을 건가? 아니면 상관없는 일이라 내버려 둘 건가?"

"널 죽일 거야."

생각할 것도 없는 일이었고, 헤루샤가 듣고 싶었던 대답이었다. 그녀는 빙그레 웃으며 고개를 끄덕거렸다.

"그럼 어쩔 수 없네. 너랑 그렇게 싸우고 싶지도 않으……."

헤루샤의 말이 끝나기도 전이었다.

꽈아앙!

굉음과 함께 땅이 뒤흔들렸다. 헤루샤는 놀라서 소리가 난 방향을 돌아보았다. 하늘에서 추락한 카르파고가 땅에 처박혀 있는 것이 보였다.

"이러고 있을 필요도 없을 것 같은데?"

사라가 피식 웃었다.

헤루샤는 놀란 얼굴로 그 자리에서 굳었다. 하지만 물러서지는 않았다.

그녀는 빠르게 상황을 판단했다. 과한 자신감을 보였던 카르파고는 그 오만함이 무색하게 패배해 버렸다.

그렇다고 카르파고를 도우러 가야 하는가? 그녀의 힘이 더해진다고 해서 상황을 뒤집을 수 있을까? 그런 일은 절대 일어나지 않는다.

그렇다면 여기서 도망쳐야 하나? 헤루샤는 진심으로 그렇게 하고 싶었지만, 그럴 수도 없는 노릇이었다. 아직 카르파고가 죽지 않았으니까.

그녀가 할 수 있는 일은, 여기서 대치하는 것뿐이었다.

“난 죽고 싶지 않아.”

헤루샤가 재빨리 말했다.

“주군을 구하러 간다면 나는 죽는다. 그리고 도망쳐도 죽게 돼.”

“그래서?”

“여기 있어야겠어.”

그것이 헤루샤가 할 수 있는 최선이었다. 그리고 기이하게도 암막의 주인은 그런 헤루샤에게 간섭하지 않았다. 그 역시 지금의 상황을 파악하는 듯했다.

거기서 헤루샤는 무언가를 느낄 수 있었다.

‘암막의 주인은 혈사자에게 무조건 충성하는 것이 아니야.’

맹목적인 충성심이라면, 헤루샤가 죽는다고 해도 카르파고를 도우라 명령할 것이다. 하지만 지금의 그는 헤루샤의 잔꾀를 알면서도 묵과하고 있었다.

‘대체 뭘 노리는 걸까.’

사라는 흥 콧방귀를 뀌면서 팔짱을 꼈다. 일방적인 폭력의 소리가 들려왔다.

머지않아 그 소리가 뚝 멈추었다.

“끝났네.”

사라가 중얼거렸고, 헤루샤는 아랫입술을 잘근 씹었다.

오판한 것은 아닐까? 이곳에 남아 있다고 해서 내 목숨이 보장되는가? 차라리 지금이라도…….

‘늦었다.’

먼 거리를 단숨에 뛰어넘은 백현이 사라와 헤루샤 사이에 떨어졌다. 그는 숙이고 있는 몸을 일으키며 주변을 둘러보았다.

헤루샤는 백현이 어깨에 걸치고 있는 대검을 보고서 흠칫 놀랐다. 카르파고가 애지중지하던 아신검 바알이 그의 손에 쥐어져 있었다.

“이게 다야?”

“응.”

“도망친 놈은 없고?”

“내가 느꼈던 놈들은 전부 잡아놨어. 도망친 놈이 있을지도 모르지만…….”

“없습니다.”

대답한 것은 헤루샤였다.

백현은 고개를 돌려 헤루샤를 쳐다보았다. 시선이 마주친 순간, 헤루샤의 어깨가 흠칫 떨렸다. 저 잔잔한 눈동자가 섬뜩하고 두렵게 보였다.

“……정말로 없습니다. 싸움이 시작되기 전부터 농장지를 관리하는 놈들의 숫자를 파악했고, 여기 있는 놈들이 전부입니다."

"왜 말해주는 거야?"

백현은 고개를 갸웃거리며 물었다. 그 말에 헤루샤는 꿀꺽 침을 삼켰다.

"……당신이 두렵습니다."

백현은 대답하지 않았다. 그냥, 가만히 내리고 있는 손을 한 번 펼쳤다. 그리고 다시 쥐었다.

그 별것 아닌 동작이 헤루샤의 몸을 떨게 만들었다. 그녀는 자신의 심장이 저 손아귀 안에 쥐어져 있다고 생각했다.

"죽고 싶지 않습니다. 부디……."

헤루샤는 한 걸음 뒤로 물러서며, 고개를 숙였다.

"제 주군에게 베푼 것과 같은 자비를, 저에게도."

그 말에 백현은 피식 웃어버렸다. 그는 고개를 흔들며 말했다.

"내가 저 자식한테 베푼 건 자비 같은 게 아니야."

"……예?"

"발 앞에 개미가 지나간다고 무조건 밟을 필요는 없잖아."

백현은 카르파고를 죽이지 않았다.

공포에 질린 놈에게 너무 많은 실망을 느꼈다. 한심하고 경멸스러웠다. 죽일 가치가 없다고 생각했다.

그것만이 이유의 전부는 아니었다. 혈사자는 카르파고가 궁지에 몰리고 죽음을 직면했을 때까지, 끝내 강신하지 않았다.

그게 꽤 의외였다.

백현은 용성군이 라이 룽에게 강신했던 것을 보았다. 그걸 보건대, 사도는 틀림없이 군주의 강신을 감당해 낼 수 있다.

하고자 했다면 혈사자도 이곳에 강신할 수 있었을 것이다. 하지 않았을 뿐이다.

카르파고를 죽이지 않은 것은, 놈을 살려둠으로써 혈사자의 반응을 살펴보기 위해서였다.

혈사자가 카르파고를 무가치하다고 판단한 걸까? 강신을 하면서까지 돌볼 놈이 아니라 여긴 걸까. 만약 그렇게 된다면 카르파고의 사도직이 박탈당하고 새로운 사도가 선출되는 건가?

그런 일은 여태까지 일어난 적이 없다. 그러니 이번 기회에 알아봐야겠다.

카르파고를 살려둠으로써 꽤 많은 것을 알 수 있을 것이다. 우선할 것은 앞으로 카르파고가 어찌 되느냐다. 놈이 죽는다면…… 누가 죽이게 되는 걸까. 그것을 알기 위한 카르파고의 몸 안에 남겨두었다.

"……그렇다면 저는?"

"내가 널 개미라고 말해줬으면 좋겠다는 거야?"

"예."

"그러고 싶지는 않은걸. 어떻게 사람을 벌레로 비유하겠어?"

백현은 웃으며 말했지만 헤루샤는 웃지 않았다. 저 말은 백현에게서 카르파고가 어떤 의미로 기억되는지를 뜻하는 것이기도 했다.

"넌 암막의 주인의 예비 사도잖아, 그렇지?"

"……네."

"잘 됐어. 네게 물어보고 싶은 것이 꽤 많았거든. 대답만 잘 해주면 안 죽여. 알았지?"

"알겠습니다."

헤루샤는 고개를 깊이 숙이며 대답했다. 그것이야말로 그녀가 바라는 바였다.

백현이 헤루샤에게 물어보고 싶은 것이 많은 것은 사실이었다.

아직 팔로워가 남았다. 팔로워와 계시자의 힘은 대단하지 않지만, 놈들에게 일어난 일은 신경 쓰인다.

암막의 주인이 이 사태를 어떻게 인지하고 있는지. 계약한 헌터가 팔로워가 됨으로써 암막의 주인은 무엇을 느꼈는지. 그것에 대해 가장 정확한 답을 해줄 수 있는 것은, 암막의 주인의 예비 사도인 헤루샤뿐이었다.

사라와 함께 천공성으로 올라가면서, 백현은 하늘을 힐긋 보았다. 하늘에 떠 있던 탱탱볼은 어느새 사라져 있었다.

저 아래에서 시체를 정리하고 있는 헤루샤가 보였다. 물어본 것들에 대해 성실하게 답해준 것도 모자라, 스스로 뒷정리를 하겠다고 나섰다.

이만한 시체들이 발견된다면 곤란하진 않아도 귀찮아진다. 백현으로서는 헤루샤가 귀찮은 일을 자처해 준다니 고마웠다.

"괴물 자식."

천공성에 들어가자마자 제일 처음 들은 것은 샤나크의 중얼거림이었다.

그는 질렸다는 표정으로 백현을 쳐다보며 말했다.

"그만한 일들을 했으면서도 아무렇지 않다는 얼굴이구나."

"얼마나 대단한 일이라고."

"네가 두들겨 팬 카르파고에게 주어졌던 힘이 얼마나 대단한 것인지 모르는 거냐?"

"제대로 쓰지도 못하던 힘이었는데 뭘."

백현의 중얼거림에 샤나크는 헛웃음을 흘렸다.

샤나크의 어깨 위에 앉은 봉제 인형이 킥킥 웃었다.

[그건 그래. 혈사자 녀석, 사도의 권능에 신경을 쓴 것 같기는 하지만, 놈의 것보다는 내가 준 게 훨씬 좋은걸.]

'쟤도 카르파고처럼 막, 길드원들 써서 뭐 강해지고 그러는 거예요?'

[혈사자의 것과는 전혀 달라. 훨씬 고차원적이고, 샤나크에

게 딱 맞지. 정확히 뭔지는 말 안 해줄 거야.]

'안 물어볼 거니까 걱정 마요.'

숨겨둔 한 수에 대해서 꼬치꼬치 캐물을 생각은 없었다.

"그건 왜 들고 온 거냐?"

"안 가져가는 것 같아서."

백현은 그렇게 말하면서 어깨에 걸치고 있던 바알을 바닥에 내려놓았다.

주저앉은 카르파고가 챙기려 들지 않길래, 전리품 삼아서 들고 왔다. 바알을 본 봉제 인형이 재빨리 날아서 바알의 검신을 더듬었다.

[……이거…….]

봉제 인형이 조금 놀란 소리를 냈다.

[가짜잖아.]

"네?"

생각지도 못했던 말에 백현은 놀라서 눈을 동그랗게 떴다.

봉제 인형의 뭉툭한 손에서 검은빛이 일렁거렸다. 인형이 하는 것이라 보기에는 투박했지만, 보기에만 그럴 뿐이지 사실은 신중하고 조심스러운 손길이었다.

[확실해.]

봉제 인형이 중얼거렸다.

[이건 진짜 바알이 아니라 가짜야. 굉장히 잘 만들기는 했지

만……. 내가 예전에도 말했지? 바알은 혈사자가 꾸준히 힘을 축적했다고. 하지만 이 검에는 혈사자의 신력이 축적되어 있지 않아.]

"그럼 괜히 들고 왔네요."

[그렇게 말할 정도로 하찮은 건 아니지. 신물이기는 하니까. 물론 넌 혈사자의 권속이 아니니 제대로 사용할 수 없겠지만.]

"결국, 못 쓴다는 거잖아요."

[뭐…… 무기로써 사용한다는 관점이면 그렇지만, 가치를 따지자면 하찮지 않다니까. 일단은 가지고 있어도 손해는 아닐걸. 아, 그래. 너 아이언메이드의 권속과도 꽤 친하잖아? 차라리 그쪽에 부탁하면 너도 쓸 수 있게 손 봐줄걸?]

"그래요?"

백현은 고개를 갸웃거리며 중얼거렸다.

그러나 그리 구미가 당기지는 않았다. 검을 다루지 못하는 것도 아니기는 하지만, 그렇다고 더 잘하는 것을 포기하고 굳이 검을 쥘 필요가 없다는 생각 때문이었다.

고작 무기 하나 때문에 전투 방식을 바꿀 필요가 있을까? 전투의 보조는 아라크네만으로 충분한데.

[그리고. 네가 아래에서 날뛰는 동안, 저 녀석을 좀 살펴봤거든. 계시자라더니 일반 팔로워보다 많은 걸 알 수 있었어.]

"나도 헤루샤한테 몇 가지 대답을 들었어요. 암막의 주인과 팔로워의 계약은 완전히 끊어졌다던데요?"

예상했던 일이기는 하지만 확답을 들었다는 것이 중요했다.

상황을 보건대 암막의 주인도 이 일을 제대로 이해하지 못하는 듯했다. 거기에 헤루샤의 애매한 태도를 보면, 헤루샤뿐만이 아니라 암막의 주인 본인도 혈사자와의 주종 관계에 무조건 따르지 않은 것 같았다.

"이런 일이 처음이라 그쪽도 많이 당황스러운가 봐요."

[하긴, 그러니까 직접 왔겠지. 사실 암막의 주인이 나서봤자 해결될 일은 아닐 것 같지만.]

봉제 인형은 그렇게 중얼거리면서 뽀르르 날아 백현의 얼굴 앞에 섰다.

[저 녀석을 살펴봐서 알게 된 건 이거야. 우선…… 저 녀석이 쓰는 힘은 권능은 아니야.]

"네?"

[아니, 물론 쓸 수 있게 '된' 것은 권능이기는 한데. 이걸 뭐라고 말해야 돼?]

"알아듣기 쉽게요."

[우으으음……. 팔로워라는 놈들은 누군가가 저 녀석들과 계약을 맺은 건 맞아. 특히 계시자들이 그 계약이 강했지. 그런데 말이야. 이 녀석들의 계약에는, 가장 중요한 것이 빠져 있어.]

"그게 뭔데요?"

[신.]

백현의 눈썹이 위로 올라갔다.

[계약의 주체가 없는 거야. 누군가가 암막의 주인의 계약에 새로운 계약을 덧칠한 건 분명한데, 저 녀석들은 그 어떤 상위 존재와도 연결되어 있지 않아.]

“뭔가 실수한 것 아니고요?”

[아냐! 흑마법은 계약에서 시작된다고. 그런 흑마법으로 신격을 따낸 내가 계약을 살피는 데에서 실수할 것 같아?]

자존심이 상한 것인지 봉제 인형이 붕붕 주먹을 휘두르며 백현의 코를 연타했다.

[틀림없어. 이 녀석들은 그 어떤 신격과도 이어져 있지 않아. 이놈들은 존재하지도 않는 신을 떠드는 거야!]

“그럼 애들이 사용하는 힘은요?”

말문이 막힐 것이라고 생각했는데, 봉제 인형은 그 질문을 기다렸다는 듯이 음흉한 웃음소리를 냈다.

[그것도 파악했지.]

“뭔데요?”

[빙의야.]

뭔 소린가 싶었다.

[이 녀석들이 사용하는 힘은 군주의 권능이 아니라, 놈들에게 빙의된 영혼의 힘인 거야. 그렇다면 이 녀석들이 사용하는 힘이 다양한 것도 설명되지. 각자 다른 영혼이 빙의되어 있으

니까, 다들 다른 힘을 쓰는 거지.]

"실수한……."

[아 좀! 닥쳐! 네크로맨서인 내가 영혼을 느끼지 못할 것 같아? 여하튼, 저런 일을 할 수 있는 신격은 나를 제외하면 하나뿐이야. 계약의 주체가 그놈이 아니기는 하지만.]

"누군데요?"

[유계의 방랑자.]

봉제 인형이 대단한 비밀을 말하는 것처럼 목소리를 잔뜩 낮추었다.

온몸이 욱신거리고 기분은 처참했다. 상처는 하나도 남지 않은 몸인데, 느껴지지 말아야 할 고통이 잔재하고 있었다.

왜냐는 의문을 품을 수가 없었다. 그에 대한 의문을 품은 순간, 결코 떠올리고 싶지 않은 끔찍한 기억들을 되새기게 될 것이다.

결국, 카르파고가 할 수 있는 것은 두 눈을 질끈 감고, 그 악몽 같은 일들을 의식하지 않으려 애쓰는 것이었다.

공기에 비린내가 섞여 있다. 카르파고는 이곳이 어디인지 잘 알고 있었다. 비참함을 견디지 못해 어비스로 도주한 카르파고가 도달한 곳은, 질리도록 보았던 무한전이었다.

"훌륭하구나."

저 위에서 목소리가 들렸다. 웃음기가 가득 섞인 저 말은 노골적인 조롱이었다.

카르파고는 질끈 감았던 눈을 떴다. 시뻘건 하늘이 평소보다 어둡게 보였다. 거대한 존재의 그림자가 카르파고의 얼굴에 드리워 있었다.

"적의 수준도 가늠하지 못하는 주제에 자신에 대한 평가만 후했구나. 네가 한 것은 용기가 아닌 만용이었느니라. 너는 네게 깊이 새겨진 공포에 당당히 맞섰다고 생각했겠지만, 정작 네가 한 것은 아집으로 눈을 가리고 공포를 외면한 것에 지나지 않느니라."

카르파고는 천천히 몸을 일으켰다. 그를 향한 혈사자의 비웃음은 계속되었다.

"그 무모함으로 네가 무엇을 잃었는지 아느냐. 네 군대를 잃었다. 네게 주어진 기회를 잃었다. 그리고 너 자신을 잃었다."

"……난……."

"부정하려 들지 마라. 결과에 승복하지 못하는 추함으로 내 눈을 더럽히지 마라. 오늘의 패배로 너는 모든 것을 잃었다. 넌 그 인간을 적수라 생각했겠지만, 어찌 토끼가 사자의 적수가 되겠느냐. 크크크! 내가 실언을 하였도다. 너는 토끼보다 하찮구나."

그 이죽거림에 카르파고는 이를 악물었다.

그는 고개를 치켜들고 저 위의 혈사자를 올려 보았다. 그런데 이상하게도, 혈사자의 얼굴이 잘 보이지 않았다. 언제나 올려 보면 보였던 군주의 얼굴이, 지금은 아무리 눈에 힘을 주어도 보이지 않았다.

"모든 것을 잃었다 하였잖느냐. 너는 내 신뢰조차 잃었다."

그 말에 카르파고의 얼굴이 일그러졌다. 꽉 쥔 주먹이 부들거리며 떨렸다.

"……내가 무슨 잘못을 했다는 겁니까……!"

억누르지 못한 감정이 목소리에 힘을 실었다. 카르파고는 두 눈을 치켜뜨며 잘 보이지 않는 혈사자를 노려보았다.

"난, 내가 할 수 있는 최선을 다했습니다. 군주인 당신이 나를 돌보지 않는 동안!"

그 외침에 혈사자가 웃는 소리를 냈다. 하지만 카르파고는 그 웃음소리를 무시했다. 그는 격앙된 감정을 담아 계속해서 내뱉었다.

"군대를 잃었다고? 그게 대체 무슨 상관입니까? 어차피 그 놈들은 저렇게 죽기 위한 것 아니었습니까? 아신전은……."

"네 마음대로 아신전의 의미를 확정하는구나."

혈사자의 목소리가 싸늘하게 식었다. 그 말에 카르파고의 어깨가 흠칫 떨렸다.

"나는 네게 바알을 주었느니라. 진짜가 아니었다고는 하나 그 바알은 틀림없는 신물이었다. 사도인 네가 아니고서는 결코

죌 수 없는 신물이었단 말이다. 그뿐이더냐. 나는 네게 하사한 바알에 아신전이라는 특별한 권능까지 심어주었다."

"그게 뭐 어쨌다는 겁니까? 결국, 그 바알은 가짜였는데! 진짜 바알이었다면 난 진즉에 그 자식을 둘로 쪼개 죽일 수 있었을 겁니다. 아니! 오늘 당신이 강신하기만 했다면……."

카르파고는 차마 말을 끝까지 잇지 못했다. 내려다보던 혈사자가 비웃음을 흘렸다.

"왜 내가 널 보살펴야 하느냐?"

"나는 당신의……."

"불신을 자초한 것은 너였노라. 네가 겁쟁이가 되었고, 두려움을 이겨내지 못해서."

"나는 그 자식과 싸웠습니다!"

"그래, 싸웠지. 하지만 그 싸움에서조차 네가 믿었던 것은 너 자신이 아닌 내가 쥐여준 바알과 아신전이었고, 만에 하나라도 내가 강신해 주지 않을까 하는 것이었느니라. 그를 부정할 테냐?"

카르파고의 입술이 푸들거리며 떨렸다.

"나는 두려움을 탓하지 않는다. 하나 겁쟁이는 용서할 수 없노라. 나는 자신의 두려움을 확실히 인지하는 자를 겁쟁이라 생각하지 않는다. 그건 현명한 것이니라."

쿠구구궁.

혈사자가 몸을 일으켰다. 높은 곳에 있는 얼굴이 낮은 곳으로 내려왔다.

"너는 현명하였느냐? 틀림없이 이길 수 있다는 확신이 있었느냐? 너는 써본 적도 없는 아신전을 맹신했고 내가 강신할 것을 기대하며 싸웠느니라. 네가 판단한 승산은 구멍투성이였느니라. 그리고 마지막에, 너는 그 인간에게 완전히 굴복하고 말았지!"

거대한 손이 카르파고의 머리 위에서 멈췄다. 카르파고는 아무런 말도 하지 못하고 부들거리며 몸을 떨었다. 그의 시선이 손바닥의 정중앙을 보았다.

"또, 너는 네가 알지도 못하는 아신전을 마음대로 판단하고 규정하였느니라. 그래, 아신전은 왕을 위한 권능이지. 하나 네 군대가 무조건 너를 위해 희생해야 한다는 것이 얼마나 오만한 일이냐? 너는 처음부터 네 군대의 전멸을 염두에 두고 싸웠느니라. 너는 패왕과 폭군을 구분하지 못하는 머저리다."

"내가 이겼다면……."

"이겼다면? 이기지도 못하였는데 왜 이겼을 때의 이야기를 하는 것이냐? 너는 네 군대를 몰살시키면서도 승리하지 못한 무능한 왕일 뿐이니라. 그런 네가 내 후계이자 사도를 자처하느냐?"

손바닥이 천천히 아래로 내려왔다. 섬뜩한 기분을 느끼며 카르파고는 주춤주춤 뒤로 물러섰다. 그걸 본 혈사자가 보다 큰 비웃음을 흘렸다.

"그 싸움에서 너는 아무것도 얻지 못했노라. 나는 네 이기적인 비열함과 힘에 대한 맹목과 맹신을 높게 샀노라. 네가 사도가 될 수 있었던 것은 그 때문이었느니라. 하지만 지금의 네게는 그 무엇도 남아 있지 않구나. 그런 너를 내가 돌볼 이유가 있느냐?"

"자, 잠깐. 난 아직……!"

"네 마음에 공포가 새겨져 있노라. 너는 그것을 절대로 극복할 수 없을 것이다. 그리된 이상 네게는 아무 가치가 없구나."

카르파고는 비명을 지르며 뒤로 펄쩍 뛰었다.

그는 혈사자가 진심이라는 것을 느꼈다. 이건 평소와 같은 비아냥 섞인 질책이 아니다. 혈사자는 진심으로 카르파고를 폐기하려 하고 있었다.

혈사자의 손이 카르파고를 감싸 쥐었다. 카르파고는 어떻게든 벗어나려 발버둥 쳤지만, 꽉 죄어오는 힘은 카르파고가 벗어날 수 있을 만한 것이 아니었다.

"너는 버러지가 되었다."

혈사자가 중얼거렸고.

카르파고의 발버둥이 멎었다.

"훌륭했노라."

혈사자는 쥐고 있는 손을 펴며 읊조렸다. 눈코입에서 피를 줄줄 흘리던 카르파고가 땅에 떨어져 널브러졌다.

"내 오랜 시간을 살았지만 너 같은 존재는 처음 보는구나. 네가 보여준 힘과 기술…… 아니, 너라는 존재 자체가 날 찬탄

케 하는구나."

혈사자의 중얼거림이 향하는 대상은, 당연히 카르파고는 아니었다. 그는 이곳에 없는 백현을 향해 이 말을 전하고 있었다.

혈사자의 굵은 손가락이 카르파고를 가리켰다. 그러자 카르파고의 팔이 찢기더니, 그 안 깊숙이 박혀 있던 은사 한 오라기가 둥실 떠올랐다.

"네 이름을 기억하마."

혈사자는 은사 가닥을 보면서 큭큭 웃었다.

"네가 내 권속이 되기 위해 온다면 더할 나위 없는 일이나…… 네가 그리 하지 않을 것을 알고 있노라. 하나 여지는 두도록 하마. 난 널 적으로 여기지 않을 것이니라. 네가 내 적수가 되지 못해서가 아니다. 네 힘은 이미 필멸자를 아득히 넘어 신격에 도전함에 넘치는 자격을 가지고 있노라."

대답은 돌아오지 않는다. 저 은사에 새겨진 것은 상호 교신 마법이 아니었다. 도청과 위치 추적.

카르파고의 몸뚱이에 저런 것이 박혀 있다는 것은 처음부터 알고 있었다. 그럼에도 지금 빼낸 것은, 혈사자 나름대로 백현에게 이쪽의 입장을 보여주기 위해서였다.

"네가 적의 없이 찾아와 술을 청한다면, 나는 기쁘게 너와 술잔을 마주할 것이다."

혈사자의 손가락 위에서 은사가 불타 사라졌다. 만약에 적의를 품고 온다면. 그런 경우에 대한 이야기는 군이 할 필요가 없다. 피차 알고 있을 터이니.

"자아, 그럼."

혈사자는 일으켰던 몸을 다시 왕좌에 앉혔다. 그는 주먹으로 턱을 받치며 자신의 발을 내려다보았다.

"네 말에 따라 죽이지는 않았다만. 이제 어찌할 셈이냐?"

"미우나 고우나 저만한 그릇을 찾기 힘든 것은 사실 아닌가?"

헌드레드가 껄껄 웃으며 대답했다. 그 말에 혈사자의 눈이 가늘게 뜨여졌다.

"내 호기심이 아니었다면 너를 이곳에 들이지도 않았을 것이다."

"당신이 성역을 닫았다고 해서 내가 들어오지 못했을까?"

"오만이 지나치군. 죽다 살아나 간이 배 밖으로 나오기라도 했느냐?"

혈사자의 위압스러운 질문에 헌드레드가 양손을 들어 올리더니 고개를 저었다.

"이봐, 난 당신과 싸우기 위해 온 것이 아니야. 어디까지나 서로에게 도움이 되는 이야기를 나누기 위해 온 거라고."

"네 말은 그다지 신뢰가 가지 않는구나. 네게는 불쾌한 혼돈이 느껴진다."

"그건 어쩔 수 없지. 우리는 그런 존재가 되어버렸으니까. 하지만…… 이게 꼭 나쁜 걸까?"

헌드레드가 몸을 일으켰다. 그는 커다란 혈사자의 발가락을 보면서 킬킬 웃었다.

"신격을 유지하는 것은 이런 곳에서는 거추장스러울 뿐이지. 직접 하면 쉽고 편한 것들을 벌레 새끼들의 손을 빌려 가면서 해야 하니까 말이야. 그렇게 생각하지 않나?"

"타락을 종용하기 위해 온 게냐."

혈사자가 코웃음을 쳤다. 그 말에 헌드레드가 정색하고서 고개를 저었다.

"나쁘지 않다고 말한 것뿐, 당신을 타락시키기 위해 온 건 아니라고 했을 텐데?"

"팔로워라는 버러지들과 너 사이에 무슨 관계가 있는 것이냐?"

혈사자는 헌드레드의 말을 듣지 않고, 대뜸 그런 질문을 했다.

헌드레드는 당황한 기색 없이 웃기만 했다.

"저들을 통해 재미난 실험을 하고 있지. 뭐, 이건 당신이 신경 쓸 바가 아니야. 중요한 건…… 내가 당신의 가려운 곳을 시원하게 긁어줄 수 있다는 거지."

헌드레드가 그렇게 말했지만, 혈사자는 그리 큰 관심을 보이지 않았다.

그는 여전히 헌드레드를 경계하고 있었다. 5년 전 혼돈에 삼켜졌던 놈이다. 그런 놈이 어떻게 부활한 것인지는 모르겠으나, 천존의 경우도 있으니 크게 놀랄 일은 아니었다. 단지 경계할 뿐이다.

"내 가려운 곳이라?"

"표현이 잘못됐나? 그러면 이건 어떤가?"

헌드레드가 고개를 기울였다.

"두려움?"

쿠우웅!

거대한 압력이 헌드레드의 몸을 짓눌렀다. 그의 몸은 그 압력에서 버티지 못하고 펑 하고 터지며 피를 쏟아낸 뒤, 짓밟은 알루미늄 캔처럼 찌그러져 주저앉았다.

"날 모욕하기 위해 왔느냐."

혈사자가 아래를 내려 보며 말했다. 여전히 가해지는 압력 속에서 헌드레드의 몸이 꿈틀거렸다.

그의 몸은 재생 대신에 형태가 완전히 바뀌어, 압력에 의해 넓게 펼쳐진 슬라임 같은 괴물로 변하였다.

"당신이…… 직접 한 말 아니었나? 저 사도에게 으름장을 놓으면서 말이야. 두려움을 외면하면 겁쟁이. 인지하면 현명한 것이라고. 당신은…… 현명하지 않은가 보지?"

온몸이 터져가면서 헌드레드는 낄낄대며 말했다.

뚜둑.

혈사자의 손등에 굵은 핏줄이 돋았다. 하지만 그는 더 이상 압력을 가하지 않았다. 오히려 압력은 사라졌고, 헌드레드가 꿈틀거리며 일어섰다.

"말해보아라."

혈사자의 입이 열렸다.

"네가 말한, 내 두려움이 무엇인지."

"천존과 나."

헌드레드는 삐걱거리는 머리를 바로 세우며 말했다.

"그 둘만 깨어난 것이 아니야. 마룡왕도 눈을 떴다."

"……그래서?"

"설마 아니라고 할 셈은 아니겠지?"

헌드레드가 이죽거렸다. 그 말이 무슨 뜻인지를 이해 한 혈사자가 기가 찬다는 듯 웃음을 터뜨렸다.

"마룡왕, 그 계집이 내 두려움이란 말이냐? 크하하! 가당치도 않은 착각에 취해 있구나!"

"외면하는 모양이군."

"아니! 나는 외면 따위 하지 않는다. 난 단 한 번도 마룡왕을 두렵다 여긴 적이 없으니까! 내가 진정으로 마음을 먹었더라면, 마룡왕은 오래전에 내 손에 죽었을 것이다."

바알을 믿고 떠드는 걸까. 저리 말하는 주제에 어비스에서 마룡왕에게 몇 번이나 패주한 주제에.

물론 바알은 한번 쓰고 나면 다시는 쓸 수 없는 최후의 한 수이니, 함부로 사용하지 않는다는 것은 이해할 수 있다.

"좋아, 당신이 마룡왕을 두려워하지 않는다는 건 잘 알겠어. 하지만 말이야. 신경 쓰이는 건 사실이지?"

"그 계집과는 혼돈의 근원을 앞에 두고 결착을 낼 생각이었다만. 근원을 찾기도 전에 혼돈이 폭주하고, 그 계집은 혼돈에 삼켜져 버렸지."

"결국, 신경 쓰인다는 것 아닌가? 그건 나도 마찬가지거든. 같이 깨어났기는 하지만, 마룡왕이 내 편은 아니란 말이야. 그녀는 엄청 강하니까, 나로서는 상당히 거슬려."

헌드레드는 역천자에 대한 이야기는 하지 않았다. 혈사자에게 모든 것을 솔직히 공유할 생각은 조금도 없었다.

"그러니까, 사이좋게 손을 잡자고. 아 물론, 당신은 여기 성역에 처박힌 몸이니까…… 직접 도움을 줄 수는 없겠지. 그래서 내가 온 거야."

헌드레드의 눈이 빙글 휘어졌다.

"당신이 마룡왕을 잡는 것에 확실한 도움을 주겠다고 맹세한다면."

헌드레드의 머릿속에 대고 역천자가 소곤거리고 있었다.

"당신을 이 좁아터진 성역이 아닌, 드넓은 어비스에서 날뛸 수 있게 해주지."

7장
악마, 아니, 마왕

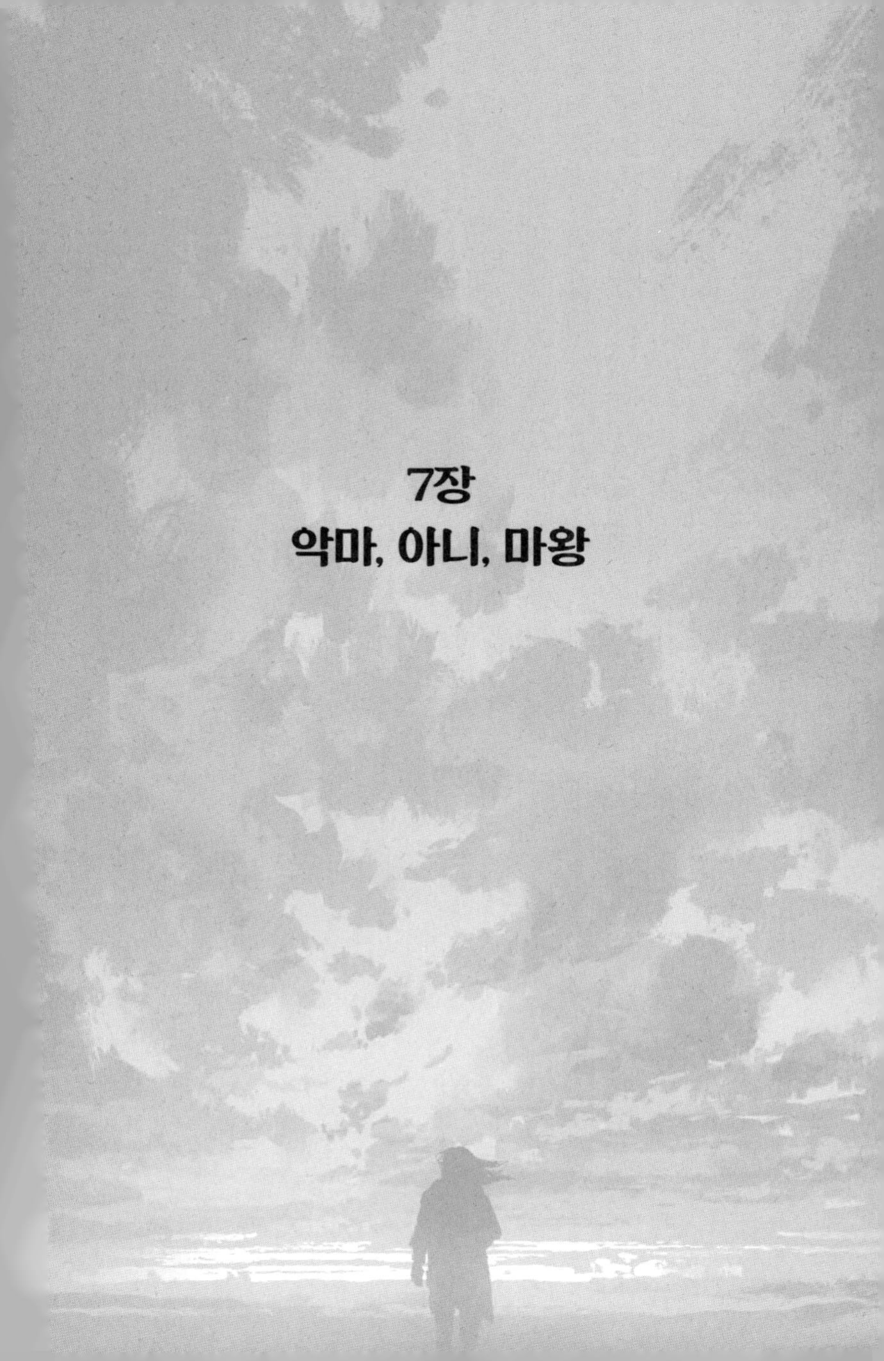

"워, 깜짝야."

귀를 손으로 감싸고 있던 백현은 과장을 섞어 몸을 떨었다. 혈사자의 목소리는 더 들리지 않는다. 은사가 불타면서 통신이 끊어졌다.

"술잔은 무슨."

백현은 작게 투덜거리면서 소파에 깊이 몸을 묻었다.

혈사자는 무조건 적이 되고 싶지 않다고 말했다.

물론 백현은 그 말을 신뢰하지는 않았다. 저런 것은 상황에 따라서 손바닥 뒤집듯 쉽게 바뀌는 법이니까.

'칼 얘기는 없던데. 그냥 나 가지라는 건가?'

발 근처에 내려놓은 바알을 힐긋 보았다.

악몽의 결정자의 조언대로 일단 발렌시아에게 연락해 두었다. 아신검 바알을 주무를 수 있게 해준다는 말에, 예상했던 대로 발렌시아는 큰 관심을 보였다.

'짝퉁이지만.'

그래도 신물은 신물이다. 아직 바알을 어떻게 사용할지는 정하지 않았지만, 그거야 발렌시아와 논의해 보면 될 것이다.

"저…… 저어……."

잔뜩 긴장한 목소리가 들렸다. 힐긋 보니 꿇어앉은 테베스가 창백한 얼굴로 백현을 쳐다보고 있었다.

그 곁에는 마리오가 얌전히 무릎을 꿇고 있었다.

"지, 지금 어디로 가는 겁니까……?"

"한국."

넌지시 묻는 질문에 백현은 심드렁한 얼굴로 대답했다. 테베스의 입이 떡 벌어졌다.

"거기는 왜 가는 겁니까?"

"왜기는. 널 넘기러 가야지."

"꼭 그래야 하는 겁니까……?"

"안 그러면 뭘 어떻게 해야 하는데?"

"그…… 선생님께 얻어맞으면서, 많은 것을 알았습니다. 예…… 제가 얼마나 나쁜 짓을 했는지도 잘 알았고요. 만약 풀어만 주신다면 평생 쥐 죽은 듯이 살면서 봉사 활동도……."

"또 맞을래?"

백현은 슬며시 주먹을 들면서 물었고, 테베스는 꾹 입을 다물었다.

"죽일까 하다가 봐준 거야. 오늘 너무 많이 죽이기도 했고. 그리고 나야 너한테 듣고 싶은 것을 다 들었지만, 관리국도 너한테 묻고 싶은 게 꽤 많을 것 아냐?"

"예? 저한테 언제 들으셨다는……."

"너 기절한 동안."

샤나크 덕분이었다. 백현이 카르파고를 두들겨 패는 동안, 샤나크는 마법을 통해 기절한 테베스의 심문을 마쳤다. 덕분에 백현은 테베스를 붙들고 귀찮은 심문을 할 필요가 없게 되었다.

생각했던 대로, 계시자들은 서로를 견제하고 있었다. 그건 놈들에게 힘을 준 '신'이라는 놈이, 하고 싶은 대로 하라는 무책임한 말만 던져둔 탓이었다.

공통된 목적이 있었다면 힘이라도 합쳤을 텐데, 정체 모를 신은 계시자와 팔로워들에게 과분한 힘만 주고서 방치했다.

누군지 모를 신이라지만, 계시자와 팔로워들은 별 볼 일 없던 자신들에게 힘을 준 '신'을 맹신하고 있다.

힘이라는 알기 쉬운 것을 준 덕분에 그들의 맹신은 굉장히 강했다. 또, 그것은 저놈들에게 웃겨 먹은 선민의식까지 불어넣었다. 자기들이 신에게 선택된 특별한 존재라는 믿음을.

팔로워와 계시자들이 사용하는 힘은, 저들에게 빙의한 영혼 때문이다. 악몽의 결정자는 그런 일을 벌일 수 있는 존재가 유계의 방랑자뿐이라고 말했다. 하지만 이 일은 유계의 방랑자 혼자서 벌일 수 없는 일이었다.

유계의 방랑자는 영혼을 거느리고 그 영혼의 힘을 사용하는 신격이다. 그러나 어비스에 묶여 있는 군주가 현실의 인간과 계약하고, 암막의 주인이 먼저 맺은 계약에 자신의 계약을 덧칠해 버렸다.

[역천자겠지.]

악몽의 결정자가 중얼거렸다.

[타락한 신격과 함께 일을 벌였다면 역천자 외에는 생각할 수가 없어.]

'그렇겠죠.'

유계의 방랑자와 역천자가 손을 잡고 무언가를 꾸미고 있다. 일단 그쪽으로 생각의 가닥을 잡았지만, 아직 유계의 방랑자가 연관되었다는 속단은 이르다.

그렇다면 제대로 확인해 볼 수밖에.

백현은 마룡왕을 떠올렸다. 그녀는 타락한 신격 본인이니, 흐름에서 자신과 함께 어떤 신격들이 깨어났는지도 알고 있을 것이다.

'저번에 물어볼 걸 그랬어.'

백현의 눈이 가늘어졌다. 유계의 방랑자뿐만이 아니라, 백현은 마룡왕에게 묻고 싶은 다른 것이 더 있었다.

검무희. 우자의 이름을 말하고, 심안을 가진 그 신격에 대해서.

가늘게 뜬 눈에서 안광이 흘러나온다.

남자는 긴장을 내색하지 않으며 앞에 선 상대를 올려 보았다. 사진이나 영상 속에서는 언제나 서글서글한 눈빛을 흘리며 웃고 있던 눈이, 지금은 뼛속까지 꿰뚫어 볼 만큼 예리한 빛을 낸다.

'체프'는 저것이 퓨어세인트의 사도인 드레이브의 본 모습임을 새로이 알았다.

"어쩌려고요?"

근처에 앉아 있던 해리가 말을 걸었다.

수백에 달하는 사람들이 그 근처에 널브러져 있었다. 모두가 체프가 끌고 다니던 팔로워들이다.

본래 멕시코를 근거지로 삼던 그들은, 멕시코의 카르텔과 그 재산을 모조리 청산한 뒤에 인도양의 무인도로 이주했다.

그 뒤에 습격을 받았다.

계시자와 팔로워. 그들의 힘은 어지간한 상위 헌터보다 우월하고, 특히 계시자의 힘은 '제대로' 쓴다면 사도를 도모할 수 있을 정도다.

물론 어디까지나 제대로 썼을 때의 이야기다. 힘을 다루는 것에 익숙한 '진짜' 사도의 앞에서 계시자는 그리 대단한 존재가 되지 못한다. 하물며 그런 사도가 둘이나 찾아온 이상. 이렇게 되는 것은 당연했다.

"생각 중이다."

드레이브가 대답했다. 쓰러진 이들 중 죽은 사람들은 한 명도 없다.

물론 드레이브는 저들 모두를 죽여 버리고 싶었다. 사람 하나 살지 않는 무인도. 주변의 눈을 신경 쓸 필요는 없다. 아니, 이곳이 무인도가 아니라 할지라도 드레이브의 살의는 진정되지 않았을 것이다.

드레이브의 입장에서, 팔로워와 계시자들은 감히 신을 팔아대는 버러지 같은 이단이었다. 대단한 신념과 신앙도 없는 주제에 무턱대고 신을 떠들며 자기들이 선택받았다고 주장한다.

진짜 신의 존재를 알고, 그 신에게 선택되었다 믿는 드레이브가 보기에 저들은 가증스럽고 끔찍했다. 갱생의 여지 없이 죽여야 한다. 편안한 죽음을 집행해서도 안 된다. 죽지도 살지도 못하는 꼴로 만들어 바다에 던져 상어 밥으로 만들거나, 도움이 오지 않는 무인도의 해안가. 강렬한 햇빛 아래에 던져놔,

산 채로 익어 죽게 만들어 버리고 싶었다.

하지만 그럴 수 없었다. 드레이브는 그러고 싶었지만, 그가 믿는 신이 그리 하지 말라 명했다.

"어…… 어떻게 여기를……."

"이 세상에서 하이로드의 눈을 피할 수 있는 존재는 많지 않아요."

체프의 중얼거림에 해리는 키득키득 웃었다.

팔로워의 존재에 대해서는 이미 알고 있었다. 애당초 관리국의 시작에 하이로드의 손이 닿아 있었고, 관리국장을 비롯한 주요 인사 중 상당수가 하이로드와 계약을 맺은 헌터들이며, 그 외에도 세계 곳곳에 하이로드의 눈이 흩어져 있다. 그런 하이로드의 사도인 해리에게 있어서 이만 한 인원이 무인도로 이주하는 것을 파악하기는 쉬운 일이다.

"나름 머리를 굴려서 여기 숨으려 한 모양이지만, 하려면 제대로 해야죠. 당신네들의 일 처리는 너무 조잡했어요."

"왜…… 우릴 공격한 겁니까?"

"그렇게 물어보는 것도 웃기다는 생각 안 해요? 관리국장을 대놓고 죽인 주제에."

"나, 나는 그 일과 관련 없습니다. 관리국장을 죽인 것은 콜롬비아의……."

"아, 그건 됐어요. 당신이 테베스를 팔지 않아도 이미 뻔히 알고 있다고요. 너무 그렇게 억울한 표정 짓지 말아요. 오히려 당신들이 운이 좋은 거라고요. 콜롬비아에는 우리보다 더한 괴물이 가 있으니까."

해리는 일그러진 체프의 얼굴을 보면서 히죽 웃으며 말해주었다.

물론 체프는 운이 좋다는 해리의 말을 전혀 이해할 수가 없었다. 아니, 그건 둘째 치고 저 꼬마는 대체 누구란 말인가?

퓨어세인트의 사도인 드레이브야 세상에서 모르는 사람이 없을 정도로 유명인이지만 저 꼬마의 얼굴은 본 기억이 없다. 그러나 분명한 것은, 저 꼬마의 힘은 사도인 드레이브와 비교해도 크게 꿀리지 않는다는 것이다.

그럼, 콜롬비아에 갔다는 괴물은 대체 뭔가?

"그래서, 드레이브. 결정했어요?"

"……."

해리는 체프를 내버려 두고서 드레이브를 쳐다보았다. 드레이브는 여전히 싸늘한 얼굴을 하고서 주먹을 쥐었다 펴고 있었다.

"……알겠습니다."

해리가 대답을 재촉하기 전에, 드레이브가 중얼거렸다. 납득도 하지 못하고 내키지도 않는다는 얼굴이었다.

해리는 그런 드레이브를 보며 고개를 갸웃거렸다.

그리고 드레이브의 몸이 환한 광채에 휩싸였다. 해리는 화들짝 놀라 몇 걸음 뒤로 물러섰다.

놀란 것은 해리뿐만이 아니었다. 이곳에 있는 전원이, 그 눈부신 광채에 눈을 질끈 감았다.

광채에 휘감긴 드레이브는 천천히 양손을 들어 올렸다. 부풀어 오른 빛이 꿈틀거렸다.

해리는 질끈 감았던 눈을 간신히 떴다.

[허어.]

그의 머릿속에서 하이로드가 놀란 소리를 냈다.

[이해를 못 하겠군요.]

해리도 그렇게 생각했다. 그는 드레이브에게서 어떤 일이 일어나려 하는지 알았다.

두근, 두근.

누군가의 심장이 커다랗게 박동했다. 그 분명한 소리가 모두의 귓가에 울렸고, 그와 공명하듯이 드레이브를 휘감은 빛이 부풀었다 줄었다를 반복했다.

빛의 정중앙에서 검은빛이 나타났다. 처음에는 하나, 이윽고 빛이 증식한다. 무수히 많은 검은빛이 백색 빛과 뒤섞였다.

두근거리는 소리가 멈추었고, 빛이 푹 꺼졌다.

고개를 숙인 드레이브는 잠시 동안 그러고 서 있었다. 밝은 갈색이던 머리카락은 새하얀 백발로 변해 있었다.

얼마 지나지 않아 드레이브가 고개를 들었다. 그 얼굴을 본 순간, 해리는 꿀꺽 침을 삼켰다.

병자처럼 창백한 피부 위에 붉은 문신이 새겨져 있었다.

뺨을 가로질러 눈으로 이어지는 문신은 얼핏 보기에는 피눈물을 흘리는 것처럼 보였다. 눈동자 또한 피처럼 붉은색이라, 문신과 어우러져 섬뜩해 보였다.

얼굴뿐만이 아니었다. 뺨에서 턱, 그리고 목……. 갑옷에 가려진 몸 전체에 문신이 번져 있는 것 같았다.

"……당신은…… 드레이브인가요?"

해리는 조금 긴장한 목소리로 질문했다. 드레이브의 고개가 천천히 돌아갔다.

"아닙니다."

그 대답에 해리는 흠칫 놀랐다.

고개를 숙여야 하나? 아니면 무릎을 꿇어야 하나? 엉거주춤 선 해리의 머릿속에서 하이로드가 중얼거렸다.

[이게 직접 강신까지 할 사안이란 말인가?]

"……하이로드께서 왜 당신이 직접 온 것인지에 대해 의문을 품고 계십니다."

"아직은 설명하기 이른 것 같군요."

드레이브, 아니, 퓨어세인트가 대답했다.

천천히 걷던 걸음이 체프의 앞에서 멈추었다. 퓨어세인트는 직접 몸을 낮추어 체프와 시선을 마주했다.

이윽고, 그녀는 체프의 얼굴에 비춰지는 자신의 얼굴을 보았다. 흠칫 놀라 손으로 뺨을 더듬는다. 피부에 새겨진 문신은 어루만진다고 해서 그 모양이 잘 느껴지지는 않았지만, 퓨어세인트는 그 지워지지 않는 각인을 분명히 느꼈다.

하나 그녀는 뜻 모를 미소만 머금을 뿐, 그 외의 감정은 내비치지 않았다.

"으…… 으으……."

퓨어세인트와 얼굴을 맞댄 체프는 죽을 맛이었다. 창백한 얼굴과 문신, 붉은 눈. 그런 것들이 체프를 위압하는 것은 아니었다.

마주한 시선…… 체프는 퓨어세인트의 눈동자에서 자신의 모습을 볼 수가 없었다. 저 붉은 눈은 그 어느 것도 비추게 하지 않았다. 쳐다보는 것만으로도 혼이 빨려 들어가는 것만 같다.

체프는 강렬한 어지럼증과 구토감을 느끼며 몸을 떨었다. 그는 자신의 눈앞에 있는 것이 숭배받는 퓨어세인트라는 것을 알지 못했다. 그는 눈앞에 있는 것이 지옥에서 기어 올라온 악마, 아니, 마왕이라고 생각했다.

두려움에 몸을 떠는 체프를 보며 퓨어세인트는 가느다란 미소를 지었다. 천천히 뻗은 손에서 백색 빛이 일렁거렸다.

보기에만 백색이었다. 체프는 자신에게 다가오는 손끝, 거기서 일렁거리는 빛 속에서 시커먼 어둠이 꿈틀거리는 것을 보았다.

그 어둠은 주위를 휘감은 광채에 의해 점멸되고 있었으나, 거리가 가까워질수록 체프는 분명한 어둠을 볼 수 있었다.

“당신의 신을 보여주십시오.”

퓨어세인트가 소곤거렸다.

손끝의 빛이 체프의 뇌를 집어삼켰다.

마룡왕은 없었다.

기껏 텔레포트 스크롤을 쓰고, 따로 이동까지 하면서 용곡에 왔는데. 이곳은 텅 비어 있었다.

파괴되었던 용곡은 처음과 다를 것 없는 모습으로 되돌아와 있었지만, 아무리 둘러 보아도 마룡왕의 모습은 보이지 않고 기척도 느껴지지 않았다.

백현은 그것에 못내 아쉬움을 느꼈다. 그 아쉬움이 마룡왕과 만나지 못한 것 때문인지, 그녀에게 다른 군주들에 대해 묻지 못한 것 때문인지는 백현도 잘 알 수가 없었다.

‘물어보는 것도 만나고 나서야 할 수 있는 거니까.’

백현은 쩝 입맛을 다셨다.

마룡왕에게 핸드폰이 있으면 좋을 텐데. 그런 시답잖은 생각을 하며 용곡을 거닐었다. 물론 희망 사항일 뿐이다. 어비스에서 핸드폰은 터지지도 않는다.

이유 모를 미련을 지니고서 용곡을 조금 걷다가, 백현은 뒤통수를 벅벅 긁었다. 죽치고 기다려도 마룡왕이 올 것 같지는 않았다.

결국 백현은 미련을 접고서 텔레포트 스크롤을 꺼냈다. 가는 날이 장날이라더니, 오늘이 딱 그 짝이었다.

스크롤을 사용해 도착한 곳은, 어비스 정중앙에 위치한 판데모니엄이었다.

백현이 나타나자 주변에서 그를 알아본 사람들이 웅성거렸지만, 백현은 그들이 다가오기 전에 재빨리 자리를 떠났다.

오늘은 바쁜 날이었다. 바알의 처리를 두고서 발렌시아와 약속을 잡아두기도 했고, 거의 반년 동안이나 일본에 가 있던 서민식이 귀국하는 날이기도 했다.

그나마 절대로 공항으로 마중을 나오지 말라고 성을 낸 탓에 시간에는 아직 여유가 있었다.

이해하지 못할 일은 아니었다. 백현이나 서민식이나 매스컴이 주목하는 유명인이다. 특히 서민식은 일본에서의 미담 덕에, 귀국하자마자 매스컴에 둘러싸여 긴 인터뷰를 해야 했다.

서민식은 백현과는 다르게 대중에 비치는 이미지를 굉장히 챙기는 편이다. 그 와중에 백현까지 공항에 가버린다면, 인터뷰는 그만큼 길어질 것이다.

판데모니엄에 온 이유는 간단했다. 이 중앙 거주 구역에 발렌시아의 공방이 있기 때문이다. 이전에 통역 아티펙트를 받기 위해 방문했던 곳이기도 해서, 찾아가는 것은 어렵지 않았다.

"빨리 왔네?"

본래 공방에 방문한 손님은 로비를 통해 귀찮은 절차를 밟아야 하지만, 백현에게는 그런 것이 없었다.

건물의 최상층까지 도약해 열린 창문을 통해 들어가자, 소파에 앉아 있던 발렌시아가 눈을 동그랗게 뜨고 백현을 쳐다보았다.

"응. 어쩌다 보니까."

마룡왕과 만났다면 보다 시간이 걸렸겠지만. 그러지 못한 덕에 약속했던 시간보다 빨리 오게 되었다.

하지만 발렌시아는 약속 시간보다 빨리 온 것을 탓하지 않았다. 백현과 만나는 것을 학수고대한 것은 오히려 발렌시아 쪽이었기 때문이다.

"어딨어?"

발렌시아가 눈을 빛내며 재촉했다.

지난번과는 다르게 공방에는 비서도 함께 있었다. 그녀는 백현을 보자마자 방긋 웃으며 손을 흔들었다.

비서의 모습에 백현은 멈칫하고 섰다. 겉모습은 산토리니에서 보았을 때와 변함이 없었지만, 겉모습과는 다른 내실의 위화감이 느껴졌다.

"뭔가 변했네?"

"덕분에 말이에요."

비서가 웃는 얼굴로 대답했다.

예전에 비서를 처음 보았을 때. 백현은 그녀에게서 살아 움직이는 시체를 연상했다.

그 평가는 후에 샤나크와 만나고, 그와 싸우면서 달라졌다. 샤나크가 '진짜' 살아 움직이는 시체들을 다루었기 때문이다. 비서는 언데드와 다르다. 보다 인위적이고, 고차원적인…… 사람 같은 기계.

지금은 그 느낌이 굉장히 엷어졌다. 비서의 몸뚱이를 움직이게 하는 몸 안의 동력이, 산토리니에서 보았을 때와 비교도 할 수 없이 향상되어 있었다.

하지만 여전히 비서는 살아 움직이되 진짜 살아 있는 사람은 아니었다.

"죽은 사람을 살리고 싶은 거야?"

"뭔 말도 안 되는 소리야?"

"어, 음. 이걸 뭐라고 말해야 할지 잘 모르겠는데. 저…… 비서 아가씨. 그러고 보니 이름도 모르네."

"그냥 비서라고 부르면 괜찮아요. 따로 이름이 없기도 하고."

"말은 바로 해. 내가 붙여줬던 이름 있잖아."

비서의 대답에 발렌시아가 눈썹을 찡그리며 쏘아붙였다.

백현은 비서와 발렌시아가 평소 노닥거리는 것을 꽤 자주 보았지만, 지금의 질책은 평소와 같은 장난기가 전혀 실려 있지 않았다.

"그건 제 이름이 아니라 마스터의 동생 이름이잖아요?"

비서의 대답도 마찬가지였다. 웃는 얼굴로 한 대답에 뼈가 있었다.

발렌시아의 표정이 살짝 굳었다.

"그것 말고도 다른 이름들도 있었어."

"그게 진짜 '내' 이름인지는 모르겠네요. 나는 마스터의 손에서 태어났지만, 그렇다 할지라도 나는 나예요."

"그게 이름을 갖는 것과 무슨 상관이야?"

"그냥 내키지 않을 뿐이에요. 지금의 난 이름 따위는 필요 없어요."

"언명(言名) 때문이야?"

"그런 이유가 아니에요. 그냥 필요가 없다 뿐이죠. 나는 나지만, 아직은 내가 아니라서요."

알 수 없는 말이었다. 발렌시아도 이해하지 못한단 표정으로 눈썹을 찡그렸다.

당사자도 그런 와중에 백현은 오죽할까. 떨떠름한 얼굴로 서 있던 백현은 발렌시아를 쳐다보며 물었다.

"언명은 뭐야?"

"……마법의 개념 중 하나야. 존재에게 주어진, 혹은 갖게 되는 이름에 어떠한 힘이 있다는 개념이지. 하지만 분명한 것도 아니고, 언명이 발휘되는 대상도 모호해. 대부분은 사역마나 이매망량들이지. 혹은 신격이나."

발렌시아는 언짢은 표정을 지으며 중얼거렸다.

"쉽게 말하면 이런 거야. 어비스의 군주들. 아이언메이드나 퓨어세인트, 혈사자 등. 그들이 가진 신명은, 그들이 신격에 도달하기까지의 역사를 증명하고 있어. 그렇기에 신격의 신명은 언명으로서 큰 힘을 갖지. 신명을 갖게 됨으로써 신격이 된다 해도 과언이 아니거든."

발렌시아로서는 나름대로 쉽게 설명한다고 하는 것이었지만, 마법 쪽에서 문외한인 백현은 고개를 갸웃거리기만 했다.

"정확히 알 필요는 없는 잡지식이야. 사역마나 이매망량은 언명을 씀으로써 제약을 걸 수 있겠지만, 신격에게는 의미가 없어."

"왜?"

"왜겠어? 그들은 신격이니까. 어마어마하게 높은 격을 가지고 있기도 하고, 그들의 신명은 언명으로서의 제약이 있지 않아. 칭송받는 이름이니까 말이지. 하지만…… 만약에 이런 경우라면 신격에게도 언명을 쓸 수 있을 거야."

발렌시아는 그렇게 말하면서 바쁘게 움직였다. 그녀는 잡동사니가 잔뜩 올라가 있는 공방의 작업대를 치우고, 그 위에 다양한 도구들을 올려놓았다.

"그 신명이 거짓이었을 때의 경우."

"그럴 수도 있어?"

"못할 것은 없지. 그럴 이유가 없겠지만. 예를 들어서…… 아이언메이드의 신명이 거짓이라면? 아이언메이드가 자신의 진짜 신명이 아니라, 가짜 신명을 내세워 신격의 행세를 하는 거라면? 그런 상대에게는 '진명(眞名)'이 굉장히 큰 의미를 갖지."

"진명은 또 뭔데?"

"진짜 이름 말이야. 설마 아이언메이드가 진짜 자기 이름이겠어? 그건 모든 신격이 마찬가지야. 그들은 신격이 됨으로써 신명을 새로운 이름으로 삼았지만, 모두가 신격이 되기 전에 불렸던 '진명'을 가지고 있어."

용성군은 마룡왕을 야화(野火)라고 불렀다. 아명(兒名)이라지만 마룡왕이 마룡왕이라 불리기 전에 야화라고 불렸던 것은 틀림없었다.

하나 그 이름이 불렸을 때, 마룡왕은 분노 외에 다른 불편함을 보이지 않았다. 그렇다는 것은 마룡왕에게서 진명을 부르는 언명은 아무런 현상도 일으키지 못한단 것이다.

그건 당연한 일이었다. 마룡왕이라는 이름은 그녀가 멸룡전을 일으키고 용족을 학살하며, 마룡들을 이끌며 칭송되던 신명이었으니까.

"결국 재가 하는 건 투정인 거야."

"마음대로 생각하셔요."

비서가 입술을 삐죽 내밀었다. 하지만 발렌시아는 개의치 않고, 오히려 비서보고 들으란 듯이 떠들었다.

"나는 언명이란 개념만 대충 알 뿐이고, 네게 이름을 지어주면서 언명 따위는 생각하지도 않았어. 그냥……."

"맞아요, 투정이에요. 나는 이름 같은 것은 별로 필요로 하지도 않고, 그냥 비서라고 불리는 게 좋아요."

"아, 그래? 그럼 마음대로 하셔."

둘이 투덜거리는 것을 들으며, 백현은 자신이 괜한 질문을 한 것 같아 조금의 불편함을 느꼈다.

"……죽은 사람을 살리는 건 불가능해."

작업대에 필요한 도구들을 올려놓은 발렌시아가 중얼거렸다.

"죽기 전에 마땅한 조치를 해놨다면 모를까. 아무 조치 없이 죽은 사람을 되살리는 것은 불가능하다고."

"악몽의 결정자라면 가능하지 않을까."

"그건 언데드잖아. 나도 들었어, 너 최근에 샤나크와 어울린다며? 그래서 뭐 이상한 바람이 든 것 같은데…… 언데드와 진짜 사람은 다른 거야."

발렌시아는 그렇게 투덜거리면서 백현을 쳐다보았다.

"……한때는 죽은 사람을 살리고 싶다고 생각했지만. 그게 불가능하다는 건 알았어. 그 뒤에는 내 손으로 진짜 사람을 만들고 싶다고 생각했지. 하지만 그것도 안 되더라고. 나는 신이 아니니까."

오래전, 발렌시아와 나누었던 이야기가 떠올랐다.

백현에게 아라크네를 주며, 발렌시아는 아라크네라는 이름의 기원에 대해 알려주었다. 인간이면서 신에 도전했다가 저주를 받아 죽은 여자에 대한 이야기였다. 지금 발렌시아가 하는 것은 신에 도전하여 신의 영역을 침범하는 것 아닐까.

백현은 뚱하니 입술을 내밀고 있는 비서를 힐긋 쳐다보았다. 그녀는 사람처럼 만들어졌지만 결국 사람은 아니다. 천공성의 현자의 돌을 참고한 덕에, 이전보다 나아지기는 했지만, 결국 인간은 아닌 것이다.

'동생의 이름.'

굳이 물어보지 않아도 되었다. 비서와 발렌시아가 한 말들. 발렌시아의 동생은 불행히도 죽어버렸고, 발렌시아는 죽은 동생을 살리는 것에 실패했다.

결국 동생을 다시 만들고 싶다는 일념으로 비서를 만들었지만, 그것도 잘되지 않은 듯했다.

애당초 비서와 발렌시아는 닮지 않은 자매라기에도 닮은 구석이 하나도 없었다.

"자."

언급해 봐야 서로 불편해질 이야기다. 백현은 인벤토리에서 아신검 바알을 꺼내 작업대 위에 올려놓았다.

"아, 그리고…… 말하는 것이 늦었는데. 이거 진짜 바알이 아니라 가짜래."

"뭐?"

"악몽의 결정자가 그러더라고. 진짜가 아니라 가짜라고. 그래도 신물인 건 확실하다니까 들고 온 거야."

"……으으음…… 진짜가 아니라는 것에 엄청, 엄청 실망하게 되는데…… 그래도, 악몽의 결정자가 보증한 신물이라는 거잖아. 그런데 너, 악몽의 결정자랑도 알고 지내는 거야?"

"어쩌다 보니까."

"넌 참 웃기는 놈이야. 군주와 계약도 하지 않은 주제에 뭐 그리 친한 군주가 많아?"

그만큼 적도 많은 것 같은데. 백현은 쓰게 웃으며 중얼거렸다.

발렌시아는 콧방귀를 뀌면서 검신을 더듬었다.

"그거야 당연한 거지. 네가 한 일들이나, 네가 가진 힘을 봐. 사도 수준을 아득히 넘었으니 군주들과 놀아야 하는데, 어떻게 모두가 널 마음에 들어 하겠어? 누구나 다 그런 거야. 갑자기 나타나 튀는 놈을 좋아하는 놈도 있고 싫어하는 놈도 있는 거지."

"아이언메이드는 어때?"

"내 군주는 예전과 똑같아. 네게 별 관심을 보이지 않고 있어. 아이언메이드는 어디 구석진 곳에 처박혀서 밖에서 뭔 일이 일어나던 간에 자기가 좋아하는 연구만 하는 마법사랑 똑같아."

발렌시아는 칭찬인지 악담인지 모를 말을 내뱉었다. 그 말에 비서가 키득거리며 웃었다.

저렇게 말하는데도 아이언메이드는 별 반응을 보이지 않는 것 같았다. 금속제 장갑을 낀 발렌시아는 두꺼운 고글까지 쓰고 커다란 앞치마를 둘렀다. 그녀가 손가락을 움직일 때마다 끼긱거리며 금속의 마찰음이 들렸다.

"통역 아티펙트는 문제없었던 것 같고, 아라크네는 어때? 네 요구대로 도청이랑 위치 파악 마법을 인챈트하긴 했는데. 사용해 봤어?"

"잘 되긴 하더라. 그런데 위치 파악은 잘 안 됐어."

"엥, 그래?"

발렌시아가 고개를 홱 돌렸다. 자기가 직접 인챈트한 마법이 제대로 사용되지 않았다는 것에 자존심이 상한 얼굴이었다.

백현은 그녀에게 카르파고에게 은사를 심었던 이야기를 해 주었다.

"……어, 우선…… 네가 카르파고에게 왜 그랬는지 물어봐도 돼?"

"걔가 시비를 걸어서 좀 팼어."

백현은 대수롭지 않다는 얼굴로 대답해 주었다. 발렌시아는 그 말을 듣고서 허허 웃었다.

"카르파고를 무슨 동네 똥개처럼 말하는구나."

"별로 다를 것 없던걸. 아니다, 똥개가 낫지. 개는 귀엽기라도 하잖아."

"……어, 그래. 위치 파악이 안 되었던 건 놈이 성역에 들어가서일 거야. 군주의 성역은 외차원에 있으니까, 위치 파악이 안 된다고."

"도청은 잘 됐는데?"

"원래는 그것도 막혀야 해. 네가 혈사자의 목소리를 들을 수 있었던 건, 혈사자가 그걸 허락해 줬기 때문이야."

"그런데, 일방적으로 듣기만 하는 건 좀 별로더라."

"……네가 처음에 나한테 요구한 게 도청이었던 건 알지?"

"기왕이면 서로 이야기를 나눌 수 있으면 하는데. 핸드폰처럼 말이야."

"어렵지는 않네. 교신 기능을 넣어달라 이거지?"

"응."

"알았어. 일단 이것 좀 마저 보고."

발렌시아는 그렇게 중얼거리며 바알의 검신을 장갑 낀 손으로 훑었다. 그녀가 낀 고글에서 바알의 파장이 잡혔다.

"……확실히. 진짜 바알을 본 적이 없어서 비교는 안 되겠지만, 이것도 훌륭한 신물이기는 하네. 그래서 넌 이걸 어떻게 하고 싶은데?"

"내가 해달라는 대로 해줄 거야?"

"욕심 같아서는 내가 갖고서 주물러 보고 싶은데. 그 정도로 양심 없지는 않아. 이건 네 거니까. 나야 뭐, 네가 가지고 온 걸 주무르는 것으로도 만족할 수 있어."

발렌시아가 어깨를 으쓱거리며 대답했다. 다른 군주의 신물을 다루는 것은 그녀에게도 흔치 않은 경험이었다. 하물며 이건 진짜 바알이 아니라 해도 상당한 가치가 있는 신물이다.

"생각해 둔 건 있거든."

백현은 턱을 어루만지며 대답했다.

원래는 발렌시아와 상의해서 바알을 어떻게 다룰지 정할 생각이었는데. 그런 백현에게 조언을 준 것은, 다름 아닌 천공성의 핵인 아프라스였다.

"그걸 통해 성역을 전개하고 싶은데. 가능할까?"

"……엉?"

발렌시아가 고개를 들어 백현을 쳐다보았다.

"아프라스가 그러더라고. 자기와 그 바알을 링크해서, 굳이 천공성 안으로 상대를 끌어들일 필요 없이. 바알을 매개체로

써서 천공성의 성역을 전개할 수 있지 않겠느냐고."

"……성역은 무리지. 네가 신격이 아니니까."

"말이 그렇다는 거야. 너도 겪어봤잖아? 천존의 위천. 나도 그거 비슷한 걸 만들었는데, 이게 좀 쓰기 까다롭더라고. 상대가 병신도 아니고 천공성에 따라 들어와 줄 리가 없잖아."

"너 정도 힘이면 그냥 멱살 잡고 끌고 들어가면 되는 거 아니야?"

"그게 될 상대라면 굳이 천공성 안으로 데리고 갈 필요도 없지. 그냥 밖에서 패면 되니까."

발렌시아는 농담 삼아서 한 말이었지만, 백현은 진지하게 답해주었다. 그 말에 발렌시아가 킥킥 웃었다.

"할 수는 있을 것 같은데? 이 칼에 각인된 권능도 그것과 비슷하고."

"아신전?"

"이름까지야 모르겠지만. 이거도 일종의 전투 공간을 만드는 거니까. 영역을 지정하고 권능을 발동해서 영지를 전개…… 음, 음."

아신전의 원리를 파악하고, 백현의 요구와 섞어가며 발렌시아는 콧노래를 불렀다.

"할 수 있어. 조금 시간이 걸리기는 하겠지만. 오히려 여기 새겨진 권능보다 쉽겠는걸? 그러니까 이거잖아, 현자의 돌과 링크해서 아신검을 매개체로 삼아, 지정한 영역을 네가 원하는 전투 공간으로 바꾸는 거. 공간침식을 응용해서 하면 될 것 같아."

"그럼 그렇게 해줘."

카르파고와 싸우면서 확실해졌다. 사도는 더 이상 백현의 적이 아니었다. 군주가 강신한다면 모를 일이지만, 단순한 사도는 장소를 가리지 않고 백현이 두들겨 팰 수 있다.

카르파고만 봐도 그에게 절대적으로 유리하던 아신전에서도 백현에게 처참한 패배를 겪었다. 그렇다면 그보다 훨씬 강한 존재들과 싸울 대비를 해야 한다.

"그리고."

백현은 진지한 표정을 지으며 말했다.

"목걸이는 안 돼."

"응?"

"목걸이는 안 된다고. 지금 내가 하고 있는 목걸이만 세 개야, 보여?"

백현은 목에 주렁주렁 달린 목걸이들을 가리키며 말했다. 파라넥트, 하블, 통역 아티펙트. 각자 디자인이 다르다지만 세 개나 하고 있으니 거추장스러웠다.

"……금목걸이 하나 하면 딱 좋을 것 같은데."

"싫어."

"왜, 랩스타 같고 좋을 것 같은데."

"랩스타는 무슨, 랩은 하지도 못하는데."

백현은 요희란에게 들었던 처참한 평가를 떠올리며 중얼거렸다.

“귀걸이는 어때?”

“꼭 액세서리여야 해?”

“무기는 네가 쓰지도 않잖아. 그렇다고 몸 안에 박아 넣을 수도 없고. 아티펙트는 반드시 물리적인 형태가 있어야 돼. 귀걸이로 하자. 양 귀에 하나씩.”

“……너무 크게 하지는 마.”

“무리한 요구를 하네. 이만한 크기의 검을 귀걸이로 바꾸는 게 뭐 쉬운 일인 줄 알아?”

“아니, 그래도 제발. 좀 작게, 안 튀게.”

“노력은 할게.”

발렌시아의 대답에 백현은 푹 한숨을 내쉬었다.

팔찌도 괜찮겠지만, 생각보다 팔이 잘리는 일이 많아서 좀 꺼려졌다. 목걸이가 딱이기는 하지만, 더 추가하고 싶지는 않으니 양보해서 귀걸이가 낫다.

‘그래, 차라리 그게 낫지.’

여태까지 싸우면서 머리가 날아간 일은 없었으니, 머리에 관련된 액세서리가 제일 안전했다.

8장
민식아!

작업이 작업이다 보니, 시간이 꽤 걸린다고 했다.

어차피 일하는 것은 발렌시아고, 당장 급히 쓸 것도 아닌 데다 백현은 재촉하는 성격도 아니다. 그래서 다 되었을 때 연락해 달라는 말을 남기고 어비스에서 나왔다.

천공성에서 나와 예전에 살던 아파트로 내려갔다. 그곳에서 사라는 거실의 소파에 퍼질러 누워서 TV를 보고 있었다.

백현이 어비스에 있을 때는 천공성도 함께 이동하기 때문에, 당연히 TV는 먹통이 된다. 그 때문에 사라는 예전에 살던 집에 죽치고 있는 것이다.

콜롬비아에 갈 때만 해도 바늘 세운 고슴도치 같았던 그녀였지만, 지금은 멀쩡해 보였다. 아니면 티를 내지 않고 있는 것이던가.

"뭘 그렇게 봐?"

빈 과자 봉지를 구기던 사라가 백현을 흘겨보았다. 티를 내지 않는 것치고는 예전과 똑같았다.

자신이 모르는 사라의 연기력에 대해 생각하다가, 백현은 고개를 저었다.

"그냥, 너랑 술 언제 먹을까 해서."

"술은 그냥 마시면 되잖아. 뭘 생각까지 해?"

"기왕이면 날 잡고, 진솔한 대화의 시간을 갖고 싶어서 그러지."

새 과자 봉지를 뜯던 사라의 손이 멈칫 굳었다. 잠시 눈을 깜박거리던 사라는 고개를 들어 백현을 쳐다보았다.

"진솔한 대화는 또 뭐야?"

"그냥 하고 싶어졌어."

"콜롬비아에서의 일 때문에 그래?"

"계기 중 하나이기는 하지. 생각해 보니, 나는 너에 대해서 잘 모르더라고."

"네가 관심을 안 가진 거잖아. 안 그래? 넌 도원경에서부터 그랬어."

사라는 투덜거리면서 과자 봉지를 뜯었다.

"내가 너에 대해 뻔질나게 물어대도 정작 너는 나에 대해서는 별로 묻지 않았지. 네 머릿속엔 무공밖에 없었으니까."

질책하는 목소리는 아니었다. 오히려 사라는 피식피식 웃어 댔다. 그 웃음 역시 비꼼이 아니었다.

"난 말이야, 네 그런 일관적인 모습이 좋았던 걸지도 몰라. 너한테 꼬치꼬치 캐물어댄 내가 말하기도 웃기는 말이지만. 네가 나처럼 들이댔다면 네가 지금처럼 좋지는 않았을 거야."

거기까지 말하고서, 사라는 깔깔 웃었다.

백현은 그런 사라를 뚱한 얼굴로 쳐다보았다.

"그래서. 나랑 진솔한 얘기는 하기 싫다고?"

"……지금이야…… 뭐."

사라의 웃음이 멎어간다. 그녀는 괜스레 이미 뜯은 과자 봉지를 부스럭거렸다.

"……응, 으응…… 급할 건 없잖아. 그러니까, 언제 할지는 내가 정할게."

"나야 상관없어."

백현은 투덜거리면서 사라의 곁에 털썩 앉았다. 같은 소파에 앉았지만 조금 거리가 있었다.

백현은 그 얼마 안 되는 거리를 힐긋 쳐다보았다. 슬며시 엉덩이를 들어 거리를 좁혀오자, 사라의 어깨가 움찔 떨렸다.

"아까 서민식 인터뷰했었어."

"잘 귀국했나 보네."

"귀찮은 티가 좀 나기는 했지만, 그래도 너랑 다르게 꼬박꼬

박 대답 잘하더라."

"걔야 그런 대접에 익숙하니까 그러고."

슬슬 올 시간이 되었다.

천공성에서 내려오면서도 아파트 주차장에 포진한 기자들을 보았었다. 어쩌면 거기서 더 시간이 끌릴지도 모른단 생각이 들었다.

"샤나크는?"

"처음 보는 사람이라 어색해서 싫다고 나갔어."

"얼씨구, 언제부터 그런 걸 생각하셨다고."

거리 공연을 해대는 놈이 처음 보는 사람이라 어색하다고 해봐야 말도 안 되는 핑계일 뿐이다.

꿈보다 해몽이라지만, 몇 달 만에 친구와 재회하는 것이니 샤나크가 배려를 해준 것이 아닐까 싶었다. 하지만 그 생각은 나사가 몇 개는 빠진 것처럼 구는 평소의 샤나크를 떠올리니 머릿속에서 곧 지워졌다.

베란다 바깥에서 웅성거리는 소리가 들렸다. 떠드는 소음 속에 서민식의 이름이 섞여 있었다. 슬슬 올 때가 되었다 싶었는데, 마침 도착한 모양이다.

나름 마음의 준비를 했다만, 서민식과 곧 마주한다는 생각을 하니 가슴이 빨리 뛰고 입이 바짝 말랐다. 전투에서도 느껴본 적이 드문 긴장이 백현의 털을 곤두세웠다.

'아니, 내가 뭘 잘못해서?'

호른에서 서민식을 보내주고 이번이 첫 대면이다. 안 죽고 잘 살아 있다는 말도 여휘를 통해 전해두었다.

따지고 보면 대뜸 일본으로 가버려 연락이 드물게 된 서민식이 잘못이 크지 않은가? 오히려 화를 내야 하는 건 백현 쪽이다. 또, 시간도 꽤 지났고 그사이에 핸드폰으로나마 연락은 꾸준히 나누었으니 지레 겁먹을 이유는 없었다.

삐비빅.

그렇게 멘탈을 챙겼지만, 현관에서 비밀번호 누르는 소리가 들리자 기껏 떨쳐낸 긴장이 다시 몸을 굳게 했다. 거기에 친구와 재회한다는 기쁨까지. 현관문이 열리는 짧은 시간 동안 백현은 몇 번이나 엉덩이를 들었다 내려놓았다.

끼익.

"어우, 뭔 집 앞까지 와서 지랄이야?"

투덜거리는 목소리가 반가웠다. 그 소리가 들렸을 때, 백현은 소파에서 튕기듯 일어나 현관의 앞에 도착해 있었다.

"민식아!"

방금까지 느꼈던 긴장은 막상 대면하게 되니 씻은 듯 사라졌다. 백현은 반가움이 듬뿍 담긴 목소리로 외치며 서민식을 향해 양팔을 벌리고 달려들었다.

"뭐, 뭐야! 너 술 퍼먹었냐?"

서민식은 그 격한 포옹을 피하려 들었지만, 그보다 백현이 껴안는 것이 더 빨랐다.

옴짝달싹 못 하고 백현에게 안긴 서민식은 질색이라는 얼굴로 발버둥 쳤다.

"좀, 야! 개새끼야!"

"이게 몇 달 만이야? 와, 새끼 얼굴 훤해진 것 좀 봐. 일본 밥이 그렇게 맛있디?"

"일단 이것 좀 놓고……."

"너 임마, 그러면 안 돼. 사람 속도 모르고 대뜸 일본 가서! 내가 너 걱정을 얼마나 했는지 알아? 말도 안 통하는 타지에서 괜히 구박이나 받지 않을……."

"일단 놓으라고!"

고래고래 고함을 지르는 서민식의 외침에 슬며시 팔을 풀었다. 서민식은 켁켁 기침을 하더니 현관의 벽에 기댔다.

"이 씹, 내가 놀러 갔냐? 어? 놀러 갔어?"

"알지, 네 미담이야 한국에서도 들었으니까. 말이 나와서 하는 말인데 민식아, 나도 거 뭐냐, 연락 안 되는 한 달 동안 놀고 있었던 거 아니거든?"

기회다 싶어서 그렇게 말해주었다. 서민식은 질렸다는 표정으로 백현을 노려보다가, 한숨을 푹 내쉬며 손을 내저었다.

"됐어, 새끼야. 어디서 뺀질거리는 것만 배워 와서. 그 일로 너한테 지랄할 생각 없으니까 괜히 오버하지 마."

정곡을 찌르는 말에 속이 뜨끔했다. 하지만 백현은 티를 내지 않으려 너털웃음을 터뜨렸다.

"오버 아니거든? 몇 달 만에 보는 거니 반가워서 그러지."

"아, 됐다니까."

서민식은 들이대는 백현을 밀어내면서 대충 신발을 벗었다. 도망치듯 거실로 들어온 서민식과 사라의 눈이 마주쳤다.

사라는 백현처럼 반색하지는 않았지만, 그래도 모르는 사이도 아니라 손을 흔들었다.

하지만 그녀의 속은 표정과는 다르게 질투의 화염이 타오르고 있었다. 서민식을 대하는 백현의 살갑고도 열렬한 반응 덕분이었다.

[제1 사용자는 동성애자가 아닐까요?]

'뭐……? 헛소리하지 마!'

[어쩌면 양성애자일 수도 있습니다.]

아프라스의 목소리를 들으며 사라는 부들거리며 어깨를 떨었다. 그럴 리가 없다고 장담하고 싶었지만, 서민식에게 유독 살갑게 대하는 백현을 보니 혹시 싶기도 했다. 사람 취향이야 천차만별 아닌가.

[늘 드리는 조언이지만, 확실한 승부수가 필요합니다.]

'난 네 말이 이제 신뢰가 안 가. 몇 달 동안 별다른 진전이

없었잖아.'

[심리적으로 가까워진 것을 느끼지 못하시는 겁니까?]

'……그건…… 으음…… 그렇기는 한데…….'

[큰 그림을 그려가는 과정입니다.]

'그렇게 말하는 주제에 승부수가 어쩌고 해?'

[선만 죽죽 그어서 어떻게 그림을 완성할 수 있겠습니까?]

사라가 아프라스의 조언을 듣는 동안, 서민식도 백현의 옆구리를 쿡쿡 찔렀다.

그가 검지를 입에 붙여대기에, 백현은 알아서 기막을 펼쳐 소리가 새어나가지 않도록 했다.

"왜?"

"재 쭉 여기 있었냐?"

"그럼 여기 있었지. 여기 말고 재가 어디를 가겠어?"

"현아, 사람은 마음만 먹으면 하루 만에 역사를 만들기도 하거든."

"뭔 헛소리를 하려는 거야?"

"그런데 난 네가 어떤 놈인지 잘 알아서, 괜히 나 혼자 오버해서 떠들기가 좀 그러네. 그래서 좀 민망할 수도 있는데 대놓고 물어볼게."

"아 뭔데."

"재랑 어디까지 갔냐?"

서민식이 꽤 진지한 얼굴로 물어보았다. 백현은 몇 번의 경험을 통해 저런 질문이 올 것임을 이미 예상했었다. 덕분에 그는 당황 없이 대답해 줄 수 있었다.

"안 갔어."

"응, 그럴 줄 알았어."

서민식도 당황 없이 대답했다. 그는 측은함이 담긴 눈으로 사라와 백현을 번갈아 쳐다보았다.

"남 연애사에 꼬장 놓는 것도 오지랖이지. 응, 그런데…… 참…… 목구멍에 고구마 하나를 통째로 욱여넣은 것 같네. 그것도 겁나 큰 고구마를."

"고구마 먹고 싶어서 그래? 일본엔 고구마 없었냐?"

태연하게 되묻는 백현의 질문에 서민식은 쯧쯧 혀를 찼다. 시답잖은 대화가 끝나고 백현은 기막을 걷었다.

"그래도 잘 지낸 것 같네."

"별로 잘 지내지는 않았지. 거기서는 진짜 얌전히 지냈거든. 어비스도 안 갔고."

서민식은 투덜거리면서 부엌 의자를 빼고 앉았다. 백현은 그런 서민식을 빤히 쳐다보았다.

뜨여진 심안이 서민식을 직시한다. 백현은 서민식의 주변에서 일렁거리는 정령을 보았다.

"옆에 그건 뭐냐?"

"……이것도 보이냐?"

"보려고 하면."

그 대답에 서민식은 적잖게 놀랐지만, 백현이 도를 지나칠 정도로 특별하다는 것을 이미 알고 있는지라 더 캐묻지는 않았다. 그냥, 씁쓸한 입맛을 느끼며 대답할 뿐이었다.

"신경 쓰지 마. 그냥 뭐, 내 자기 합리화 같은 거야."

"멘탈적으로 별로 좋아 보이지는 않는데."

서민식은 킬킬 웃었다.

여전히 그는 드문드문 악몽을 꾼다. 그 나름의 고집 같은 것으로 수면제 따위는 손도 대지 않고, 악몽을 헤매다 깨어나도 내색 없이 다시 잠든다. 이제는 그런 잠이 익숙했다.

"별로 그렇지도 않아. 그냥…… 정령이니까. 어, 정령. 그냥 생긴 게 좀 특이할 뿐이지. 이렇게 생겼어도 귀신같은 것도 아니고, 내 명령만 따라."

백현은 그 말을 들으면서 정령을 쳐다보았다.

못 알아볼 리가 없었다. 표정 없는 얼굴로 우두커니 서 있는 정령은 두 발이 희미했고 지면에서 살짝 떠 있었다.

호셴. 서민식이 구하려고 했고, 템페스트의 사도가 되었던 남자. 그가 정령이 된 것인지, 아니면 저 정령이 호셴의 모습을 하고 있는 것인지. 백현은 굳이 묻지 않았다.

대신에 그는 심안으로 서민식을 보았다. 보다 더, 집중해서.

하지만 서민식을 휘감은 흐름은 평범했고, 이질적인 것은 전혀 없었다. 그게 의외였다.

서민식에게 불온하거나 특별한 흐름이 없다는 것은 백현을 안심시켰지만, 오히려 그로 인해 알 수 없게 되었다.

템페스트가 서민식에게 주는 넘치는 총애. 불합리하고 편파적인 집착. 백현은 다른 군주들에게서 템페스트가 서민식을 보호하려 한 것에 대해 들었다. 백현이 느끼기에, 그것은 일방적인 구애였다. 그걸 알기에 납득이 되지 않았다.

심안을 통해 본 서민식은 그냥 평범했다. 그런데 템페스트는 왜 그렇게 서민식에게 집착한 걸까.

"뭐 좀 물어봐도 되냐?"

백현은 심안을 감으며 질문했다. 씁쓸한 눈으로 정령을 보고 있던 서민식이 백현을 돌아보았다.

"뭔데?"

"그때, 호른에서. 너…… 좀, 이상했잖아. 알지?"

"모르겠냐."

서민식은 킬킬 웃었다. 그때의 일은 서민식에게 있어서 그리 떠올리고 싶지 않은 기억들이었다. 하지만, 그때 일어난 일들이 기묘했다는 것은 확실하게 자각하고 있다.

"그때, 나도 나한테 무슨 일이 일어난 건지는 잘 모르겠어. 누구한테 물어볼 수도 없는 일이고."

"템페스트는 별 반응 없어?"

"반응이야 많았지. 거기서…… 나오고서."

템페스트가 당신을 바라봅니다.

템페스트가 불안에 몸을 떱니다.

템페스트가 무언가를 두려워합니다.

템페스트가 당신을 걱정합니다.

템페스트가 당신을…….

그때는 계속, 계속 그런 목소리가 들렸었다.

"좀 지나니까 조용해졌고, 일본에 갔을 때는 평소랑 똑같았어."

지켜본다는 말. 우울한 눈.

"사도가 된 건 아니야?"

"글쎄다. 내가 사도가 되어본 적이 없어서, 지금 내가 사도인지 아닌지도 모르겠는데. 별 변화는 못 느끼니까 사도가 된 건 아닐 거야."

서민식은 그렇게 말하면서 곁의 정령을 힐긋 쳐다보았다.

"좀 특이한 정령을 다루게 되었는데, 그게 전부야. 이것 말고 다른 정령을 다루는 것에는 변한 게 없어."

백현은 눈썹을 찡그리면서 고개를 끄덕거렸다.

백현이 느끼기에도 서민식은 사도가 된 것은 아니었다. 여태까지 만난 사도나 예비 사도들은, 굳이 자기들이 사도라 소개하지 않아도 사도임을 알 수 있었다. 그런 인외(人外)적인 기운이 있었다. 하지만 서민식에게 그런 것은 없다. 그는, 그냥 인간이었다.

모르겠다. 백현은 서민식에 대한 것을 생각의 저편에 밀어두었다. 그는 템페스트와 만난 적도 없고, 다른 군주 중에서도 템페스트와 유별난 친분을 가진 군주는 없었다. 그러니 백현이 알 수 있는 일은 굉장히 한정되어 있었다.

"그, 뭐냐. 졸업식은 보고 온 거지?"

"그거 때문에 지금에야 온 거지. 일본 졸업식 뭐, 한국이랑 다를 것 없더라."

서민식은 그렇게 중얼거리면서 의자에서 몸을 일으켰다.

"꽃다발도 줬어……. 그거 때문에 몇 달 동안이나 일본에 있었던 거니까."

호센의 딸인 미하루의 졸업식.

졸업식이 끝나고, 꽃다발을 건넸을 때. 서민식은 그녀가 우는 것을 처음 보았다. 울음소리 하나 내지 않고 눈물만 주룩주룩 흘리면서. 미하루는 그렇게 울었다.

"한국으로 오라고 했는데, 싫대."

"데려와서 뭐 하게?"

"뭐 하기는. 그냥…… 도와주는 거지. 호센 그 아저씨가 재산을 많이 남기기는 했는데, 그래도 아직 애가 어리잖아. 돈 보고 눈 돌아가는 새끼들이 덤벼들지 않을까 해서."

"그렇게 걱정이면 억지로라도 데려오지 그랬어?"

"그럴 수 있었으면 그랬겠지, 짜샤. 그래도 호센 그 아저씨가 사람이 좋아서, 미하루 주변에 아저씨 친구들이 꽤 많아. 나 없어도 잘 지낼 거야. 일본에서 태어나고 자란 애를 대뜸 한국 데려오는 것도 좀 그렇고."

서민식은 그렇게 투덜거리면서 냉장고 문을 열었다.

"그리고, 나 일본 가 있는 사이에 너 엄청 유명해졌잖아? 그래서 네 이름도 좀 팔았지. 일본 관리국이나 정부랑 미하루 챙겨주는 호센 아저씨 지인들한테 말이야."

냉장고에서 캔 맥주를 꺼내는 서민식을 보며 백현은 두 눈을 동그랗게 떴다. 이름을 팔았다는 것이 무슨 소리인지 알 수 없어서였다.

"뭐라고 팔았는데?"

"뭐기는. 내 친구 백현이라고 했지."

캔 맥주를 뜯던 서민식이 낄낄 웃었다.

"걔한테 뭐 안 좋은 일 생기면, 내가 열 받아서 친구 손 잡고 개지랄을 할 거라고. 나도 어디서 막 크게 꿇리지는 않는데, 까놓고 말해서 너랑은 급이 다르잖아? 마침 네가 산토리니에서 벌인 일이랑 인터뷰도 있고."

백현은 두 눈을 끔벅거리며 서민식을 쳐다보았다. 그는 목젖을 꿀렁거리며 캔 맥주를 들이켰다.

"그러니까 다들 표정이 하얗게 질려서, 절대로 그런 일이 일어나지 않도록 조심하겠습니다, 하더라고. 너한테 허락부터 구하고 할 걸 그랬나?"

"아…… 니. 그건 괜찮지. 나도 그, 미하루? 라는 애 본 적도 없긴 한데. 걔한테 뭔 일 생기고 그러면 나도 많이 화날 거야."

백현는 떨떠름한 표정으로 대답했다.

"……그런데, 진짜 내 이름만 듣고 다들 '네 알겠습니다' 한 거야?"

"말만 했겠냐? 일본 관리국장이 내 손을 얼마나 잡아대는지, 어우. 부디 우호적인 관계를 유지해 주십사 어쩌고…… 아직도 손에서 그 아저씨 담배 찌든 내 나는 것 같아. 별수 없잖냐, 일본은 예비 사도도 없는 나라인데."

서민식은 너스레를 떨면서 냉장고에서 새로운 캔 맥주를 꺼내 백현에게 휙 던졌다.

"다음에 너 한가할 때, 같이 일본이나 놀러 가자. 생각해 보면 너랑 여행 한번 다닌 적이 없네."

백현은 날아온 캔 맥주를 잡았다. 산토리니에 이어서 콜롬비아, 다음은 일본인 걸까.

백현은 선계에서 많은 신세를 졌던 옥천신수를 떠올렸다.

백현의 머릿속에서 일본 하면 초밥과 온천뿐이었다.

"……가도 되는 걸까 몰라."

일본 정부가 자기 이름을 듣고 겁에 질렸다는 것이 괜히 민망했다.

9장
톱니바퀴

“마룡왕은 잘 지내는가?”

대수롭지 않다는 듯이 묻는 말에 검무희는 고개를 내저었다.

“그녀와 만나지 않은 지도 제법 되었습니다.”

“설마 다투기라도 한 것인가?”

“그런 것은 아닙니다. 애당초 서로의 이해가 맞아 함께하던 것이고, 지금은 내가 우선해야 할 일이 달라졌을 뿐이지요.”

검무희의 대답에 역천자는 빙글거리며 웃었다.

잠시 웃음의 여운을 즐기고서, 역천자가 다시 입을 열었다.

“찾았나?”

빙글거리며 웃는 목소리가 얄밉다. 이미 답을 알고 있으면서도 놀리듯 묻는 것 같았다. 그렇다 해서 감정적으로 반발할 수는 없었다.

"……찾지 못했습니다."

그랬기 때문이다.

검무희는 얇게 뜬 눈으로 역천자를 노려보았다. 지난번에 찾아온 후로 이번이 두 번째다. 역천자는 여전히 셀 수 없이 많은 촛불의 한가운데에 앉아 있었으나, 지난번과 완전히 똑같지는 않았다.

무수히 많은 촛불 중 상당수가 불빛이 꺼져 있었다. 아직 타오르는 촛불 중 상당수는 심지를 태우는 불꽃의 색이 다른 촛불들과 달랐다.

"무엇을 알고 싶나?"

역천자가 웃으며 묻는다. 무엇을 원하는가를 뻔히 알고 있는 주제에. 잠시 역천자를 노려보던 검무희는 짧은 한숨 뒤에 말했다.

"내가 무엇을 찾고 있고, 무엇을 알고 싶어 하는지는 이미 알고 있지 않습니까? 나를 조롱하지 마십시오."

"하하, 그런 의도로 한 말은 아닐세. 단지 그대의 입으로 확실하게 듣고 싶었을 뿐이야."

"……헌드레드는 어디에 갔습니까?"

"그가 번견을 자처하기는 했지만, 나는 그에게 아무런 강요도 하지 않고 있네. 그가 자처한 역할을 잠시 내려놓고 밀회를 즐기는 것을 존중하고 있다는 말일세."

웃으며 하는 말에 검무희의 눈썹이 치솟았다. 말은 저리 한다지만 역천자는 헌드레드가 어디로 갔는지 알고 있을 것이다.

"이 촛불은 대체 뭡니까. 당신은 이곳에서 무엇을 하고 있는 겁니까?"

"그대가 궁금해하는 것이 내가 무슨 일을 하는가였나? 정녕 그런 것이라면 대답해 주지 못할 것도 없네만."

"……아니, 됐습니다."

역천자가 무슨 수작을 부리고 있는지도 신경 쓰이기는 했지만, 그를 묻기 위해 여기까지 온 것은 아니다. 역천자는 짜증으로 찡그려진 검무희의 얼굴을 보며 끌끌 웃었다.

"여전히 미혹에 삼켜져 있군."

"대답이나 해주십시오."

"그 이후로 무언가 떠오른 것은 없나? 기억 같은 것 말일세."

"없습니다. 껄끄러운 기분만 남아 있을 뿐."

"하나 물어봐도 되겠나? 만약, 그대에게서 미혹을 피워낸 누군가와 만나게 되었을 때. 그대는 어찌하겠나?"

그 질문에 검무희는 곧바로 대답하지 않았다. 잠시 역천자를 노려보던 그녀는 목소리에 힘을 주어 대답했다.

"나는 언령이나 그런 것을 모릅니다. 당신은 나를 귀신이라 말했지만, 나는 나 자신이 그런 존재가 아니라고 믿고 있습니다. 나는, 여전히 나입니다. 나는 내가 모르는 나를 떠올리고 싶지 않습니다. 그 존재가 누구인지는 모르겠으나, 나로 하여금 떨쳐낼 수 없는 미혹과 불쾌를 주는 근원이라면. 나는 그 존재를 배척할 것입니다."

역천자는 그 대답에 만족스러운 미소를 지었다. 그는 천천히 손을 들어 올렸다. 그러자 일렁거리던 어둠이 쩍하고 갈라졌다.

"그 남자일세."

검무희는 갈라진 어둠을 보았다. 그곳에는 처음 보는 남자의 모습이 떠 있었다.

"이름은 백현이라고 하고, 인간일세. 누군지 아는가?"

"……모릅니다. 그런데, 인간이란 말입니까?"

검무희는 조금 혼란스러운 표정을 지으며 물었다. 어둠 너머에서 백현은 천존을 처참할 정도로 두들겨 패고 있었다.

검무희는 그 잔혹한 손속에 놀라지 않았으나, 발악하는 천존의 공격 하나하나를 막힘없이 걷어내는 백현의 수법은 실로 놀라웠다. 저게 정말 인간이란 말인가?

"인간 같지 않지만 인간이라네. 탈각을 앞두고 있으니 머지않아 인간도 아니게 되겠지만 말이야."

검무희는 역천자의 목소리를 들으면서 백현의 움직임을 집중해서 살펴보았다. 천존이 쏘아내는 포격들이 백현의 손짓

하나하나에 방향이 틀어진다.

그것을 본 검무희는 이상하게도 가슴이 욱신거리는 것을 느꼈다. 백현의 움직임은 마치 춤사위 같았고, 검무희는 저러한 동작은 처음 보았으나 왠지 낯설지가 않았다.

"그가 천존을 죽였군요."

검무희의 중얼거림에 역천자가 고개를 끄덕거렸다.

"그는 이곳과 다른 차원에 살고, 어비스를 드나들고 있네. 하지만 최근에는 어비스에 들어오지 않는 것 같더군."

"……저 남자와 만나고 싶습니다."

"말하지 않았는가? 그는 최근에 어비스에 들어오고 있지 않아. 그리고 나라고 해서 그의 일거수일투족을 감시하고 있는 것은 아닐세."

역천자가 난감한 기색을 흘리며 대답했다. 그는 스스로를 거짓말쟁이라고 생각하지는 않았으나, 진실과 거짓을 적당히 섞어 말하는 것을 즐긴다. 지금도 마찬가지였다.

"그럼 제가 밖으로 나가면 되겠군요."

잠시 침묵하던 검무희가 대답했다. 그 말에 가면 너머에서 역천자의 눈이 동그랗게 떠졌다. 가장된 놀람이었다.

"진심으로 하는 말인가?"

"어비스는 넓습니다. 그는 어비스와 바깥세상을 자유롭게 드나드는 존재이니, 그를 만나는 것에 가장 빠른 것은 제가 밖으로 나가는 것이겠지요. 아닙니까?"

원하는 대답이었다. 하지만 역천자는 뻔하게 내색하지 않고 잠시 턱을 어루만졌다.

"천존이 죽었네."

"나는 그와 다릅니다."

"그대가 천존과 비교가 불허할 강자라는 것은 나도 잘 알고 있네. 하지만, 나로서는 그대가 밖으로 나가는 것을 그다지 추천하고 싶지 않군."

"내가 바라고, 내가 선택한 것입니다."

검무희의 대답에 역천자는 잠시 고민하는 '척'을 했다. 너무 짧지도, 길지도 않은 시간 동안.

검무희가 무어라 재촉하려 하는 순간. 그녀의 목소리가 나오기도 전에 역천자가 고개를 끄덕거렸다.

"그렇다면 어쩔 수 없군."

"나갈 수 있기는 한 겁니까?"

"천존을 나가게 해준 것이 바로 나일세. 그대는 신격도 상실했고 외차원에 묶여 있지도 않으니, 확실한 '길'만 찾는다면 나가는 것도 가능하겠지."

역천자의 이야기를 들으며 검무희는 고개를 끄덕거렸다. 애당초 그녀는 신격에 마땅한 신력에 크게 구애받지 않았다. 그녀에게 있어서 신격의 상실은 큰 불리함이 되지 않는다.

"하지만 검무희. 나는, 혼돈에서 돌아온 그대들을 무척이나 아끼고 있네. 아, 너무 기분 나쁘게 듣지는 말게나. 내가 그대들보다 우월하단 뜻으로 '아낀다'라는 말을 쓴 것은 아니야. 단지 적당한 말을 찾지 못한 것뿐이네."

역천자가 손을 내저으며 말을 이었다.

"나는 아직까지 유일한 존재기에 필연적인 고독함을 안고 있네. 그리고 그대들은 언제고 나와 같은 존재가 될 수 있어. 천존은 자유를 만끽하고 싶다며 바깥으로 나가기를 고집했네. 그때의 나는…… 너무 안일했지. 솔직히 어쩔 수 없는 일이었다고 생각은 하고 있네. 상실했다지만 한때 신격이었던 그가, 인간에게 죽음을 맞게 될 것이라고 감히 상상이나 할 수 있었겠나?"

역천자는 그렇게 말하며 몸을 일으켰다. 그는 똑바로 서서 검무희의 얼굴을 쳐다보았다.

"그대가 밖으로 나간다면, 나는 그대를 위한 길을 닫지 않고 열어두겠네. 그대가 저 남자를 만나서 목적을 달성한 후 돌아와도 좋고, 상황이 여의치 않게 되었을 때 돌아와도 좋네. 그러니, 이것만은 명심해 주게. 가서 돌아올 수 있다는 것을 말이야."

"……알겠습니다."

위하듯 하는 말이지만 검무희는 저 말을 믿지 않았다. 역천자가 이렇게까지 해주는 것은 마땅한 이유가 있어서임이 분명했다.

저 남자의 힘은 위험하다. 일차원적인 생각이지만, 역천자가 자신의 손을 쓰지 않고 차도살인지계를 꾸미는 것이 아닐까 싶었다.

만약 그런 것이라면 상관없다. 역천자에게 이용당하는 것이라 할지라도, 검무희는 그 백현이라는 남자를 꼭 만나야만 했다.

"엿새 후에 다시 이곳에 오도록 하게. 그때가 마침 길이 열리는 시기일세."

검무희는 대답 없이 고개를 끄덕거렸다.

하지만, 원하는 답을 들었음에도 검무희는 당장 자리를 떠나지 않았다. 그런 검무희를 보며 역천자는 끌끌 웃었다.

"더 할 말이 남았는가?"

"……유계의 방랑자는 어디에 있습니까?"

검무희는 줄곧 신경 쓰이던 것에 대해 물었다.

"월드이터는 저곳에서 무엇을 하고 있는 겁니까?"

호른에서 함께 깨어났던 것은 분명했다. 비록 그 둘은 키마이라와 마찬가지로 자아가 박살 나 몸뚱이만 남은 괴물이 되었다지만, 호른을 떠날 적에 역천자는 유계의 방랑자와 월드이터'였던' 두 괴물을 이끌었다.

하지만 지금. 유계의 방랑자의 모습은 보이지 않는다. 그리고 월드이터는 어둠 속을 유영하고 있었다.

그것들이 역천자의 주변에 타오르는 촛불과 관계가 있지 않을까 하는 심증은 있지만, 그의 술법은 워낙에 기기묘묘하고 난해하기에 보는 것만으로는 파악할 수가 없었다.

역천자는 그 질문에 껄껄 웃었다.

"소일거리 삼아 무언가를 실험해 보고 있을 뿐이네. 안타깝게도, 유계의 방랑자와 월드이터는 그대들과는 다르게 자아를 유지하지 못했으니 말이야."

"……."

역천자의 대답은 거기까지였다.

검무희는 더 이상 묻지 않았다. 그의 태도를 보건대, 더 파고들다가는 그에 마땅한 대가를 요구할 것 같았다.

"……엿새라 하였지요. 그때 다시 오도록 하겠습니다."

검무희는 의문을 가슴속에 남기고서 몸을 돌렸다.

며칠이 지나고서 찾아온 판데모니엄의 공방. 발렌시아는 초췌한 얼굴을 하고서 작업대 위에 앉아 있었다.

백현은 그녀의 얼굴을 보고서 잠시 멈칫 굳었다.

"엄청 피곤해 보이는데?"

"당연하지. 예비 사도라지만 인간인걸. 나흘 동안 잠 한숨 자지 않고 버티는 것은 꽤 부담인 법이야."

발렌시아가 갈라진 목소리로 대답했다.

마침 문을 열고 들어온 비서가 백현에게 살짝 고개를 숙이며 인사했다. 그 뒤에는 종종걸음으로 발렌시아에게 다가가, 색깔만 봐도 써 보이는 커피를 건넸다.

"그렇게 서두를 필요는 없다고 했잖아. 어차피 당장 쓸 것도 아닌데."

"내가 서두르고 싶었어. 손이 도통 가만히 있지를 않더라고. 다른 군주의 신물을 주무를 기회가 다음에 또 있을 것 같지도 않고."

발렌시아가 손을 내저으며 대답했다.

"아 그래도, 빨리 만들었다지만 대충 만든 것은 아니야. 내가 생각해도 굉장히 잘 만들어졌거든. 단언컨대, 이건 내가 여태까지 만든 아티펙트 중에서 최고 걸작이야."

"그야 당연하죠. 재료가 좀 좋아요?"

만족스러운 얼굴로 커피를 홀짝거리는 발렌시아를 보며 비서가 이죽거렸다. 그러자 발렌시아는 다크서클 진한 눈으로 비서를 흘겨보았다.

"당연히 재료도 좋겠지만 다루는 사람 솜씨도 중요하지 않겠어?"

"누가 뭐래요?"

"뭐라 했으면서 말이 많아."

발렌시아는 투덜거리면서 걸치고 있는 가운의 안쪽을 뒤적였다. 밖으로 나온 손에는 주먹만 한 상자가 들려 있었다.

"이름은 따로 안 붙였어. 기능이야 최고지만, 철저하게 네 오더대로 만들어서 사실 디자인은 그리 마음이 들지도 않거든."

"내가 원하는 게 바로 그거야."

백현은 짝짝 박수를 치면서 고개를 끄덕거렸다. 발렌시아는 그걸 얄밉단 듯이 쳐다보다가 상자를 열었다.

상자의 안에는 한 쌍의 피어스가 들어 있었다. 크기는 엄지 손톱만 했고 은은한 붉은빛이 감돌았다. 그 외에는 큰 특징은 없었다. 튀지 않는 디자인은 백현의 마음에 쏙 들었지만, 크기가 생각보다 크다는 것이 못내 불만이었다.

"너무 크지 않아?"

"저게 최선이었거든? 2m가 넘는 대검을 줄여서 저만한 크기로 만든 건데, 저나마 줄인 것이 대단하지 않아?"

발렌시아가 기가 찬다는 얼굴로 대답했다. 백현은 어색한 미소를 지으며 상자에서 피어스를 꺼냈다.

뿌득하는 소리와 함께 귓불에 피어스가 박혔다.

"링크는 네가 아프라스와 직접 하면 돼. 그리고, 네 요구대로 아라크네에 쌍방 통신 기능을 추가했어."

"너무 받기만 하는 것 같아서 좀 미안하네. 돈이라도 받을래?"

"돈은 무슨, 됐어. 내가 너보다 몇백 배는 부자일걸? 지난번에도 말했지만, 나는 내가 만든 아티펙트를 잘만 써주면 돼."

그렇게 말해주어서 고맙기는 하지만, 아무래도 너무 받기만 하는 것 같았다.

백현은 무거워진 귓불을 어루만지며 말했다.

"내가 도와주거나 할 일이 있으면 언제라도 좋으니 말해줘. 어지간한 거면 다 해줄 테니까."

"별로 그럴 것도 없는데."

발렌시아는 빈 상자를 옆으로 밀어내며 투덜거렸다.

"난 너처럼 적이 많지 않거든. 싸우는 것도 별로 안 좋아하고."

"사람 일이라는 게 또 모르는 거잖아."

"그렇기는 하지."

의뢰했던 것도 받았고, 피곤해 보이는 발렌시아의 모습을 보니 오래 붙잡기도 뭐했다.

공방을 떠나려는 순간. 백현은 문득 떠올라서 발렌시아를 돌아보았다.

"아, 맞아. 뭐 하나 물어보고 싶은 게 있는데."

"뭔데?"

"혹시 템페스트에 대해서 뭐 아는 것 있어?"

갑작스러운 질문에 발렌시아가 눈을 동그랗게 떴다.

그리고 비서의 눈이 가늘어졌다.

별생각 없이 한 질문이었다. 템페스트에 대해 여러 사도와 군주들에게 듣기는 했지만, 발렌시아에게 들은 없었기에.

"갑자기 왠 템페스트?"

"신경 쓰이는 것이 있어서. 따로 아는 것은 없어?"

발렌시아가 고개를 갸웃거리며 물었다.

백현은 비서의 눈이 가늘어진 것을 보지 못했다. 그녀는 백현의 시야 바깥에 서 있었다.

하지만 뭔가 꺼림칙한 그런 기분이 들었다. 예감이라 해야 할지, 아니면 어떠한 신호일까. 백현의 눈동자가 움직였다.

그제야 백현은 비서가 자신을 빤히 보고 있다는 것을 알았다.

'뭐야?'

갑작스레 시선이 집중된 것에 고개를 갸웃거린다. 사실 이렇게 시선을 받는 것은 낯선 일은 아니었으나, 비서의 눈동자가 평소와는 다른 느낌이었다.

백현은 잠시 비서를 쳐다보며 말을 이었다.

"네가 개인적으로 아는 것이나, 아니면 너와 계약한 아이언메이드에게 들은 것이라도 좋아. 템페스트에 대해서라면 뭐든지."

"음……."

발렌시아는 잠시 동안 생각에 잠겼다. 그녀는 아직 뜨거운 커피 잔을 입술로 물었다.

백현은 재촉하지 않고 발렌시아의 대답을 기다렸다. 그리고, 그러는 동안 심안을 떴다. 꺼림칙한 기분의 이유를 알 수가 없었기 때문이다.

심안이라고 해서 뭐든지 보게 해주는 것은 아니지만, 육안으로 보지 못하고 감각으로 느끼지 못하는 것을 간파하는 것에는 최적화되어 있다.

뜨여진 심안이 비서를 쳐다보았고, 백현은 자신도 모르게 어깨를 움찔 떨었다.

비서의 몸 중심에 있는 기계 장치. 언제나 바쁘게 움직이면서 그녀를 '살아 있게'하는 장치들이 모조리 정지해 있었다.

그렇다고 해서 비서가 죽은 것은 아니었다. 여전히 그녀는 호흡하고 있었고, 눈을 깜박거리고 있었다. 다만 눈동자는 몸 안의 장치처럼 우뚝 멈춰서 백현에게 고정되어 있었다.

'……저게 뭐야?'

이어진 당황의 근원은, 심안을 통해 본 비서의 몸 안에서 일어난 현상 때문이었다. 기계 장치 위에 무언가가 만들어진다. 그건 길고 가느다란 선이었다. 비서의 몸을 세로로 가로지르는 긴 선.

백현은 마치 홀린 것처럼 그 선을 쳐다보았다. 천천히. 아주 천천히.

"생각해 봤는데, 나라고 해서 특별히 아는 것은 없어. 아이언메이드에게 따로 들은 것도 없고. 애당초 나는 아이언메이드의 얼굴도 본 적이 없고, 영지에 가본 적도 없다고."

선이 벌어져 틈새를 만든다.

"몇 번이고 말했지만, 아이언메이드는 방임주의란 말이야. 날 예비 사도로 삼고, 권능을 주고…… 응, 그게 전부야. 여태까지 내가 한 일들은 전부 내가 하고 싶어서 한 것들이고, 아이언메이드가 나에게 무언가 지시를 내리거나 알려주려 한 적은 없어."

발렌시아의 말을 들으면서 백현은 그 자리에 얼어붙었다.

선은 완전히 벌어져 틈새가 되었다. 틈새의 안은 무수히 많은 눈동자로 채워져 빈 곳이 없었다.

실제로는 들리지 않았지만, 백현은 끼긱거리는 기계 장치의 소리가 들리는 것만 같았다.

틈새 안을 가득 채운 눈동자는 모두가 톱니바퀴의 형태를 띠고 있었다. 그리고 서로 맞물려 움직이는데, 그럴 때마다 톱니바퀴 안의 동공이 수축을 반복했다.

저런 것을 보는 건 처음이었다. 여태까지 참 많은 괴물과 괴물 같은 사람과, 괴물 이상의 존재를 보아왔지만 지금 백현이 보고 있는 것은 그 어떤 것보다 이질적이고 파격적인 비주얼을 하고 있었다.

그를 더욱이 놀라게 한 것은, 발렌시아와 농담 따먹기나 하던 비서의 몸 안에 저런 것이 있기 때문이었다. 아니, 애당초 비서가 처음부터 저런 존재였던 건가? 이제 와서는 그것도 모르겠다.

"……아, 그래."

백현은 의식하여 시선을 거두었다.

가슴이 벌렁거렸다. 공포? 그딴 감정은 아니었다. 놀랍고 신기해서, 저게 대체 뭔가 싶었다.

백현은 고개를 돌려 발렌시아를 보았다. 그녀는 커피를 호록 마시며 피로에 찌든 머리를 손끝으로 두드리고 있었다.

"얘기해 줘서 고마워."

"모른다는 말밖에 안 했는데 고맙기는. 이제 다 끝났지?"

발렌시아는 입을 벌리며 크게 하품을 했다. 백현은 고개를 살짝 끄덕거린 뒤, 몸을 돌려 문가로 다가갔다.

"붙잡아둬서 미안. 좀 쉬어."

"엉."

발렌시아가 손을 휘휘 흔들었다. 힐긋 본 비서는 여전히 우뚝 멈춰 서서, 백현을 쳐다보고 있었다.

백현은 아무렇지 않다는 얼굴로 그녀를 힐긋 한번 본 뒤에 문고리를 잡았다.

발렌시아는 비서의 이상(異常)을 알지 못하는 듯했다. '저게' 어떤 존재인지 궁금하기는 했지만, 백현은 의문을 잠시 접어두고 문고리를 잡았다.

"넌 어디 가?"

문고리를 돌리려 할 때. 발렌시아의 목소리가 들렸다. 백현에게 하는 말은 아니었다.

"마스터가 쉴 수 있도록 배려해 줘야죠. 창고 정리도 해야 하고요."

"얼씨구, 언제부터 그렇게 부지런하셨다고."

"마스터의 개인 창고는 다른 길드원들도 못 들어가잖아요? 마스터가 어질러 놓은 걸 여태까지 누가 치웠겠어요?"

"아, 그래, 그래. 적당히 하고 너도 돌아와서 좀 쉬어."

그런 대화 소리를 들으며 문고리를 돌렸다. 문을 열고 몇 걸음, 숨길 의도가 없어 보이는 발소리가 등 뒤에 따라붙는다.

백현은 굳이 뒤를 돌아보지 않고서 복도를 걸었다. 발소리는 멀어지지 않고 백현의 뒤를 따랐다.

"창고 가는 것 아니었어?"

"가고 있어요."

"도와줄까?"

"방금 하는 말 들었잖아요? 마스터의 개인 창고는 마스터와 저 빼고는 아무도 못 들어가요."

비서의 목소리는 평소와 다를 것이 없었다. 백현은 여전히 뒤를 돌아보지 않았다. 침묵으로 긴 복도를 걷고 있으니, 비서가 말을 걸었다.

"갑자기 템페스트에 대해 묻는 이유가 뭔가요?"

"내 친구가 템페스트의 권속이라서."

"아, 저도 알아요. 서민식 씨 말하는 거죠? 그런데 이제 와서 궁금해하는 것이 신기하네요. 뭔가 계기라도 있나요?"

"계기라면 계기겠지만. 그런데 왜?"

"모르셨어요? 전 호기심이 왕성해요."

"발렌시아는 템페스트에 대해 아는 것이 없던데? 설마 발렌시아가 나한테 거짓말을 했다는 거야?"

"음, 그건 아니죠. 마스터는 정말로, 템페스트에 대해 아무것도 몰라요. "

"그럼 너는 안다는 거야?"

"백현 님도 아시다시피, 마스터는 자기가 관심 있는 것 말고는 알려 하지 않으세요. 하지만 저는 다르죠. 제 역할은 마스터를 보좌하는 거라서요."

대화가 빙빙 돈다.

계단을 내려가던 도중에 걸음을 멈추고 뒤를 돌아보았다. 몇 계단의 위에 비서가 서 있었다. 그녀는 방긋 웃는 얼굴로 백현을 내려 보고 있었다.

감지 않은 심안이 비서를 본다. 눈으로는 보이지 않는 것이 보인다. 톱니바퀴 눈동자는 여전히 돌아가고 있었다.

"뭐 하나 물어봐도 돼?"

"물론이죠. 제가 도움이 된다면요."

넌지시 묻는 질문에 비서가 방긋 웃는다. 몇 번이나 보았던 미소다. 발렌시아와 함께 롤스로이스를 타고 처음 집에 찾아 왔을 때. 마침 TV에 나오는 스파이더맨을 보며 시답잖은 히어로 토크를 할 적에도 비서는 저렇게 웃었었다.

"넌 누구야?"

그때의 비서와 지금의 비서는 같은 존재인가?

산토리니에서의 일을 떠올린다. 리셀이 보여주었던 미래에서 비서는 발렌시아와 함께 죽었다.

실제로 일어난 현실에서도 비서는 그 상황의 주역이라곤 할 수 없었다. 그건 발렌시아도 마찬가지였다. 발렌시아의 도움으로 위천을 깨뜨리기는 했지만, 그녀는 어디까지나 서포터 적인 존재였다.

아귀가 안 맞는다. 지금 심안에 비치는 비서라는 존재는 백현이 보았던 그 어떤 존재보다도 이질적이었다.

"난 비서예요."

비서가 웃으며 말했다.

"아직 이름도 없고, 그런 존재죠. 마스터에 의해 만들어진 인형이에요. 살아 있는 것처럼 보이지만 살아 있지도 않아요. 일종의 AI 같은 거죠. 내 행동 전부는 마스터가 주입한 프로그램의 상호 작용 같은 거예요."

"그게 전부는 아닌 것 같은데?"

"음, 제가 아직 확신이 없어서 그래요. 무턱대고 떠들기에는 조금 곤란해서. 그러니까 저도 하나 물어봐도 될까요?"

"얼마든지."

"백현 님은 지금 보이는 건가요?"

비서가 고개를 갸웃거리며 물었다. 그 동작에 호환하듯이, 톱니바퀴의 눈동자가 일제히 정지했다.

무엇이 보이느냐는 주어가 생략되었다. 하지만 백현은 고개를 끄덕거렸다. 너무 뻔한 질문이었기 때문이다.

"아."

비서가 소리를 냈더니, 잠시 고민하듯이 턱을 어루만졌다.

"절 만든 어머니는 발렌시아 세베즈. 제 마스터예요. 그런데, 으레 그런 법이잖아요. 어머니 혼자서는 아이를 낳을 수 없어요."

"그렇지."

"제 어머니가 마스터라면, 제 아버지는 아이언메이드에요. 마스터는 죽은 여동생을 되살리기를 바라였지만, 아이언메이드의 권능은 무언가를 창조하는 것이지 죽은 생명을 되살리는 것이 아니었어요."

비서가 계단을 걸어 내려왔다.

"그래서 마스터는 자신이 가진 능력에 맞게 타협했죠. 죽은 여동생을 살리는 것 대신에, 죽은 여동생을 새로이 만드는 것으로요. 그렇게 만들어진 것이 바로 저예요."

"나도 알고 있어."

"네, 그러시겠죠. 하지만 전부 아는 것은 아니잖아요."

비서가 키득거리며 웃었다. 그녀는 계단 아래에 서서 백현을 올려 보며 웃었다.

"사실 말이에요. 마스터에게 날 만들 능력은 없었어요. 아이언메이드가 마스터의 몸을 빌려 날 만든 거예요."

"왜?"

"글쎄요, 전 아이언메이드가 아니라서. 아마 필요해서겠죠? 무엇에 필요했는지도 모를 일이지만요. 뭐 어쨌든."

비서가 크게 숨을 들이켰다.

"아직은 소개할 이름이 없지만, 나는 비서예요. 백현 님이 보인다면 돌려 말할 필요는 없겠네요."

비서가 가슴에 손을 올렸다. 그녀의 몸 안의 톱니바퀴 눈동자가 다시 회전했다.

"백현 님이 템페스트에 대해 물었을 때, 제 안에서 아이언메이드가 관심을 가졌어요."

"아이언메이드의 예비 사도는 발렌시아잖아. 왜 아이언메이드는 발렌시아가 아니라 너를 통해 관심을 보인 거야?"

"그건 저도 모르죠. 마스터도 말했다시피, 아이언메이드는 마스터를 내버려 두고 있어요. 절 만들 때를 제외하면 마스터에게 직접적인 개입도 하지 않았고요. 아마 그래서가 아닐까요?"

납득하기 힘들었다. 비서는 자신이 살아 있는 존재가 아니라고 했다. 지금 나누고 있는 대화 전부가 그녀에게 입력된 프로그램대로라고.

백현은 그 말을 믿을 수가 없었다. 백현이 느끼는 비서는 분명 살아 있는 존재는 아니었지만, 적어도 저 지성은 살아 있었다.

"네가 아이언메이드의 진짜 사도인 것은 아니고?"

"그건 절대 아니에요."

비서가 고개를 가로저으며 부정했다.

"전 어디까지나 마스터와 아이언메이드의 창조물이고, 사도가 아니에요. 음, 이건 제 개인적인 추측인데. 저는 일종의…… 스페어 같은 거예요."

"스페어?"

"네. 혹은…… 풀다 만 문제집? 응, 둘 다 저를 정의할 수 있겠네요. 저는 아직 완성되지 않았으니까요. 저라는 존재는 아이언메이드와 마스터의 공동 작업물이고, 둘이 도달하고자 하는 비원 그 자체예요."

"둘의 비원이 뭔데?"

"생명을 만드는 것이요."

비서가 씁쓸한 미소를 지었다.

"아이언메이드는 자신의 손으로 완전한 생명을 창조하고 싶어 했어요. 키메라나 그런 것이 아니라. 아예 처음부터 무(無)에서 생명을 창조하기를 바라였죠. 영혼부터 말이에요."

비서가 다시 걷는다. 백현은 2층 복도를 걷는 비서를 따라 걸었다.

"마스터도 마찬가지였어요. 죽은 여동생을 새로이 만들고 싶어 했으니까요. 하지만 뭐, 보시다시피 완전히 완성하지는 못했죠. '이게' 신격인 아이언메이드가 만들 수 있는 생명의 최선이었던 거예요."

앞서 걷는 비서가 어깨를 으쓱거리며 웃었다.

"현자의 돌을 생각해 보았지만, 그게 어디 만들기 쉬운가요? 개나 소나 만들 수 있는 것이 현자의 돌이었다면 모든 연금술사가 현자의 돌을 만드는 것을 꿈꾸지도 않았겠죠."

"현자의 돌을 만든다면 널 완성할 수도 있는 거야?"

"아마…… 완성되었겠죠. 하지만 마스터는 몰라도, 아이언메이드는 그런 식의 완성을 바라지 않았어요. 그는 대단한 고집쟁이거든요. 저로서는 뭐 아무래도 좋지만."

비서의 걸음이 멈춘 것은 복도의 많은 방문 중 하나였다.

비서는 백현을 힐긋 돌아보며 짓궂은 미소를 지었다.

"제 방에 남자가 오는 건 처음이네요."

"불편해?"

"전혀요. 피차 민망한 감정을 가진 것은 아니잖아요."

비서의 방은 무미건조했다. 침대 하나, 장롱 하나, 책상과 의

자. 방 안으로 들어가는 비서가 키득거렸다.

"깔끔하지 않아요?"

"너무 깔끔한데."

"딱히 꾸미고 싶은 마음이 없어서 이렇게 두었는데, 마스터는 항상 내 방에 올 때마다 투덜거려요. 자기가 인테리어를 해주겠다면서요."

"하고 싶은 대로 하게 해주지그래?"

"싫어요. 내가 아니라고 계속 말하지만, 마스터는 내 방을 자기 동생 방처럼 꾸미고 싶어 하거든요."

침대 위에 털썩 앉은 비서가 고개를 도리도리 저었다.

"아이언메이드가 당신에게 묻고 있어요."

비서가 고개를 들어 백현을 보았다. 무수히 많은 톱니바퀴 눈동자들도 백현을 보았다.

"장담하건대, 어비스의 모든 군주 중에서 템페스트에 대해 가장 잘 아는 것은 바로 아이언메이드일 거예요. 하지만…… 아이언메이드는 백현 님에게 자신의 지식을 알려주는 것을 경계하고 있어요."

"어째서?"

"백현 님이 너무 강해서요."

아이언메이드에 대해 묻는 것도 아니고 별개의 존재인 템페스트에 대해 묻는 것이 경계의 이유가 된단 말인가?

백현이 이해하지 못하고 고개를 갸웃거리자, 비서가 말을 이었다.

"아이언메이드는 백현 님이 템페스트를 죽이는 것을 바라지 않아요."

"죽일 수 있느냐부터 따져봐야 하는 것 아니야?"

"아직 죽일 수는 없죠."

비서가 고민 없이 즉답했다.

"하지만 백현 님의 존재가 워낙에 특별한지라. 어쩔 수 없어요."

"난 템페스트를 죽일 생각 따위는 없어. 그냥, 그 군주에 대해 궁금한 것뿐이야."

"그 궁금증의 이유가 서민식 때문인가요? 어째서죠? 템페스트가 서민식에게 나쁜 짓은 하지 않았을 텐데요?"

"나쁜 짓은 하지 않았지. 하지만 과보호에 정도가 지나쳐."

"그게 왜 나쁘단 것인지는 모르겠네요."

"이유도 모르고 보호당하는 입장에서는 무조건적인 호의가 불쾌하게 느껴질 수도 있는 거야."

"하지만 백현 님은 서민식이 아니잖아요?"

"맞아. 난 서민식이 아니야. 그 녀석의 친구지."

백현은 피식 웃으며 대답했다.

"친구 일이니까 신경 쓰여. 내가 전해 들은 템페스트는 아무리 생각해도 정상이 아니었거든."

"……."

비서가 잠시 동안 입을 다물었다.

무릎에 얹은 손가락을 까딱거리던 그녀는, 얼마 지나지 않아 고개를 끄덕거렸다.

"아이언메이드는 백현 님과 우호적인 관계를 원하고 있어요."

"이미 충분히 우호적인 관계를 맺고 있다고 생각하는데."

"제 생각도 그렇지만, 아이언메이드의 생각은 다른가 봐요. 백현 님과 우호적인 관계로서 교류하고 있는 것은 마스터지 아이언메이드가 아니죠. 그게 뭔 차이인지는 모르겠지만."

그것에는 백현도 동감했다.

발렌시아가 백현에게 만들어준 것들은 모두가 아이언메이드의 권능으로서 탄생되었다. 아이언메이드가 발렌시아를 방임하고 있다지만, 그의 암묵적인 허락이 없었더라면 아라크네나 지금 하고 있는 귀걸이가 완성되지도 않았을 것이다.

"템페스트의 근원은 호문쿨루스에요."

"……그게 뭔데?"

"으으음…… 연금술로 태어난 인공적인 존재죠. 쉽게 생각하면 이런 거예요."

비서가 손을 들어 자신을 가리켰다.

"나는 되다 만 호문쿨루스고, 템페스트는 확실하게 완성된 호문쿨루스라는 거예요."

그 말에 백현의 입이 반쯤 벌어졌다.

"왜 아이언메이드가 템페스트에 대해 잘 알고 있고, 백현 님을 경계하는 것인지 이제 아시겠죠?"

놀란 백현의 얼굴이 우스웠던 모양이다. 비서가 입가를 가리고 쿡쿡 웃었다.

"템페스트는 아이언메이드와 마스터가 도달하고자 하는 비원 그 자체예요. 그래서…… 경계하는 거죠. 아이언메이드는 아직 호문쿨루스를 완성하지 못했으니까요."

10장
변할 수밖에

백현은 호문쿨루스가 뭔지 모른다. 하지만, 그에 대한 무지가 비서의 말을 이해하는 것에 걸림돌이 되지는 않았다.

그만큼 비서의 말은 노골적이었다. 아이언메이드가 도달하고자 하는 비원이 호문쿨루스이고, 템페스트가 호문쿨루스 자체라면. 아이언메이드가 백현을 경계하는 것은 당연한 일이었다.

그건 백현 본인도 어쩔 수 없다 싶었다. 그도 그럴 것이. 백현이 한 일들이 워낙에 난폭했기 때문이다.

아이언메이드는 백현이 마룡왕과 싸웠던 것을 모른다. 무령을 죽였던 것도 모른다. 하지만 백현이 천존을 죽인 것은 알고 있다. 알다 뿐인가? 산토리니에는 발렌시아도 있었다. 그녀는 백현의 폭력을 처음부터 끝까지 보았다.

군주에게 있어서 '백현'이라는 존재는 어떻게 여겨질까.

재생의 뱀은 백현에게 큰 호감을 가지고 있다. 그녀는 본래 난폭한 성정을 가진 신격이었으나, 지금에 이르러서는 좁디좁은 성역을 나설 수 없는 몸이다. 그런 재생의 뱀은 백현이 날뛰는 것을 보며 대리 만족을 느낀다고 했다.

마룡왕은 백현을 존중한다. 초월종으로 태어났으나 독보적으로 강력한 신격을 이룩한 그녀는, 백현을 똑같은 강자로서 존중하고 있다. 다음에 만날 때는 친구가 될 수도 있겠다 말했을 정도로.

그런 존중을 보낸 것은 혈사자도 마찬가지다. 무조건적인 적이 아니라 친구가 될 수도 있다면서, 혈사자는 자신의 성역에서 직접 백현에게 말을 건네 왔다.

그 외에도 백현은 다양한 신격들과 만나보았다. 무령, 역천자, 퓨어세인트, 위치엔드, 악몽의 결정자.

용성군을 직접 만난 적은 없지만, 라이 룽의 태도를 보건대 용성군 또한 백현을 적으로 돌리려 하지 않는 것 같았다.

존중. 그것에는 당연한 경계가 받쳐져 있다. 이유는 간단했다. 백현이 강하기 때문이다.

백현은 틀림없는 인간임에도 무령과 천존을 죽였다. 비록 그들이 신격을 상실한 상태였다지만, 백현의 힘이 사도를 뛰어

넘어 신격을 도모할 정도라는 것은 많은 신격이 인정해 온 사실이다.

아이언메이드도 마찬가지다. 비록 그것이 예비 사도가 아닌 비서를 통해서라지만, 아이언메이드는 백현의 힘을 인정하고 경계하고 있다.

그것은 의심의 여지가 없었다. '지금'의 백현은 신격인 템페스트를 죽일 수 없다.

하지만 조금 더 시간이 흐른다면.

"뭘 걱정하는 것인지 알겠어."

백현은 천천히 고개를 끄덕거렸다. 호문쿨루스를 완성하지 못하고, 그를 비원으로 둔 아이언메이드에게 있어서 템페스트는 그 존재 자체가 최적의 참고서라 할 수 있을 것이다.

그런 템페스트에 대해 전적이 화려한 백현이 캐묻고 다니니, 아이언메이드가 경계하는 것은 당연했다.

"템페스트와 싸울 생각은 없어. 난 그냥, 템페스트가 어떤 신격인지 궁금한 거야. 왜 하필 내 친구를 붙들고 난리인 것인지 도통 알 수가 없어서."

"서민식이 잘나서일 수도 있잖아요. 들리는 소문만 보면 인격도 좋고, 레벨이 조금 낮기는 하지만 템페스트와 계약한 헌터 중에서 서민식은 꽤 독보적이지 않아요?"

"레벨이 조금 낮다는 것부터가 모순이라고 생각하지 않아?"

되묻는 말에 비서는 어깨를 으쓱거렸다.

"……그렇기는 하죠. 템페스트가 서민식에게 보이는 총애는 확실히 모순적이기는 해요."

그렇게 말하고서 비서는 잠시 동안 침묵했다. 아이언메이드에게 무언가를 듣고 있는 것일까. 백현은 재촉하지 않고 비서가 입을 여는 것을 기다렸다.

침묵이 흐르는 동안 백현은 방 안을 둘러보았다. 책상과 붙어 있는 책장에는 독일어로 쓰인 책들이 몇 권 꽂혀 있었는데, 읽는 용도가 아니라 장식용으로 보였다. 책 바로 앞에 몇 개의 액자가 세워져 있었기 때문이다.

대부분은 비서와 발렌시아가 함께 찍은 사진들이었는데, 딱 하나. 액자 사이에 가려진 사진에는 비서가 찍혀 있지 않았다.

하지만 한 명은 알아볼 수 있었다. 지금보다 인상도 유순하고 앳되어 보이는 발렌시아와 그 곁에는 처음 보는 소녀가 있었다.

"안 닮았죠?"

키득거리는 목소리에 백현은 고개를 돌렸다. 비서가 백현을 빤히 쳐다보고 있었다.

백현은 솔직하게 고개를 끄덕거렸다.

"눈, 코, 입 있다는 건 닮았네."

"그나마도 안 닮았으면 전 폐기됐을걸요."

비서가 잠시 동안 웃는 소리를 냈다.

"템페스트는 여러모로 독특한 신격이에요. 그 존재의 기원은 틀림없이 호문쿨루스지만, 템페스트는 그에 그치지 않고 확실하게 신격을 이룩했어요."

비서의 얼굴에서 웃음기가 사라졌다.

"대체 누가 템페스트를 창조했는지는 아이언메이드도 알 수 없었어요. 아이언메이드는 무수히 많은 권속을 보내 템페스트가 존재했던 세계를 탐색했지만, 가장 중요한 템페스트의 창조주를 만날 수는 없었어요."

"어째서?"

"죽었으니까요."

비서가 어깨를 으쓱거렸다.

"템페스트의 고향인 11차원은 대체적으로 풍요로웠지만, 모든 대지가 그랬던 것은 아니에요. 이 세상도 마찬가지잖아요? 지금이야 좀 덜하다지만, 불과 수백 전만 해도 가뭄과 기근으로 사람들이 떼죽음 당하는 일이 드물지는 않았었죠."

11차원의 소국(小國)인 히잔은 긴 가뭄으로 죽어가고 있었다. 비가 오지 않아 대지는 메말랐고 작물은 싹을 틔우지 못했다. 어린아이들은 나고 자랐을 때부터 거북이 등껍질처럼 갈라진 대지와 황토색 산을 일상처럼 보았고, 대부분 열 살을 넘기지 못하고 죽었다.

그러한 가뭄을 겪으며 국왕이 아무것도 하지 않은 것은 아니었다. 국고를 열어가며 식량을 풀었고, 주변 국가의 도움을 요청했다. 하지만 가난한 나라인 히쟌에게 도움을 주는 나라는 많지 않았다.

"거듭된 기우제로도 비는 내리지 않았어요. 히쟌의 마법사들은 마법으로서 가뭄을 극복하려 했지만, 그들이 내리게 하는 비는 보잘것없었죠. 그런데."

한 남자가 나타났다.

누구도 주목하지 않았던 남자다. 왕궁에 속한 궁중 마법사도 아니었고, 어느 정도의 명성을 갖춘 마법사도 아니었다. 은거한 현자라 하기에도 너무 어렸다.

메마른 대지 위에 주저앉아 있던 농민들은, 남자가 처음 나타났을 때만 해도 그에게 아무런 주목도 하지 않았다. 찜통 같은 더위에도 큼직한 로브를 입은 모습을 보고 더위를 먹어 미친놈이라고 생각했을 뿐이었다.

"그가 기적을 일으켰죠."

소매에서 꺼낸 작은 유리병. 다양한 색이 뒤섞여서, 뭉쳤다가 흩어졌다가를 반복하다가…….

"비가 내린 거예요."

남자가 유리병을 높이 들었을 때. 긴 세월 동안 비를 맞지 않아 갈라진 대지에 비가 쏟아졌다.

잠시 내렸다 그치는 소나기도 아니었다. 거듭된 기우제로도 내리지 않았던, 궁중 마법사와 현자라 떠드는 마법사들이 해내지 못했던 일을 이름 모를 남자가 해냈다.

그것을 해낸 것은 마법사의 상징이라 할 수 있을 지팡이가 아닌, 자그마한 유리병이었다.

"남자는 계속해서 비구름을 몰고 다녔어요. 그의 기적으로 강물이 범람했고 황토색 산이 녹색이 되었죠. 당장 농작물을 거둘 수 있는 것은 아니었지만, 비구름을 몰고 다니는 남자는 기적의 집행자이자 성인(聖人)이 되었고, 모두의 희망이 되었어요."

그의 걸음이 왕궁으로 향했을 때. 국왕은 성문을 활짝 열고 친히 뛰어나와 남자의 앞에 무릎을 꿇었다. 누구도 그리 하라 강요하지 않았지만, 국왕은 직접 왕관을 벗어 남자에게 양보했다.

"남자는 왕관을 받지 않았어요. 그런 것을 위해 한 일이 아니라고 말하면서요. 그러자 국왕은 남자에게 궁중 마법사의 자리를 주겠다고 말했고, 남자는 그것도 거부했어요."

그러한 행보가 남자를 더욱 성인으로 추앙받게 만들었다. 그는 여전히 비구름을 이끌었고, 히쟌의 국민들은 남자의 이름을 연호하며 수확의 계절을 소망했다.

"그가 바로 '마고'예요."

누군가가 마고에게 물었다. 당신이 항상 들고 다니는 유리병은 대체 무엇이냐고. 그러자 마고는 진솔한 미소를 지으며 대답했다.

"이 나라를 구원하기 위해 신이 제게 내린 축복입니다."

금세 소문이 퍼졌다. 가뭄으로 죽어가는 나라는 히잔뿐만이 아니었다. 그들은 굶주려 비쩍 곯은 사절단을 보내 마고의 기적을 자기네들 나라에도 내려주십사 요청했다.

"마고는 거부하지 않았어요."

소문이 더욱 퍼졌다. 가뭄을 겪지 않은 풍요로운 국가들에게도 마고의 소문이 전해졌다.

그들은 당장의 비를 필요로 하지는 않았지만, 마고의 기적을 수중에 넣기를 원했다. 사람의 추악한 욕심이란 것은 어느 세상에나 똑같았다.

"마고는 비를 내려 가뭄을 극복시켰지만, 그런 기적은 꼭 사람을 위해서만 쓸 수 있는 것은 아니었어요. 타국과의 전쟁에서 적 진영에 폭우를 내리게 한다면? 강을 범람시켜 도시 하나를 통째로 물에 잠기게 할 수도 있겠죠."

"마고가 죽었다고 했었지? 이거 결말을 알 것 같은데. 그들의 욕심이 마고를 죽인 거야?"

비서는 마고가 이미 죽었다고 했다.

모두의 축복 속에서 죽기에는 마고는 너무 많은 일을 해냈고, 너무 많은 적을 만들었다.

그가 한 일들이 순수한 선의로 해낸 것일지라도, 기적을 탐내는 자들은 마고의 선의를 헤아리지 않았을 것이다.

"아뇨. 그들은 마고를 죽이지 못했어요."

비서가 고개를 저었다.

"몇 개의 나라가 마고에 의해 구원받은 뒤, 마고는 또다시 자신을 필요로 하는 곳으로 향했죠. 어느새 마고의 뒤에는 그를 숭배하는 수많은 사람이 줄을 서서 따르고 있었어요."

그들은 마고를 성인이라 칭송하며, 그가 일으키는 기적의 산증인이 되기를 원했다. 마고는 그러지 말아 달라 부탁했지만, 군중들은 그의 말을 듣지 않았다.

탐욕스러운 자들의 군대가 마고의 앞을 가로막았다.

"마고를 뒤따르는 자들이 비난을 토해냈지만, 군대는 비켜서지 않았어요. 그들은 수많은 창칼을 들이밀며 마고를 억압했죠. 뻔한 말들을 늘어놓으면서 말이에요. 네가 따라오지 않으면 저들을 모두 죽이겠다, 네 나라를 침략하겠다…… 뭐 이런 소리들."

"그래서, 따라갔어?"

"아뇨. 마고는 바보가 아니었거든요. 그는 저들이 자신의 기적을 악용할 것을 알았어요."

군대의 앞에서 마고는 유리병을 들어 올렸다.

그가 기적을 일으킬 때 언제나 위로 들어 올렸던 유리병은, 비가 아닌 다른 기적을 일으켰다.

"폭풍."

아주 거센. 그런 폭풍이 몰아쳤다. 비바람에 군인들이 나뒹굴고 땅이 뒤집혔다. 수많은 군대가 마고가 일으킨 기적 앞에서 흩어졌다.

"마고가 일으킨 새로운 기적은 더욱 많은 사람을 매료시켰어요. 그들에게 있어서 마고는 성인을 넘어 신으로 칭송되었죠. 그만큼 마고의 기적을 탐내는 자들이 많아졌어요. 그들은 마고가 비만 내리게 하는 것이 아님을 알게 되었고, 어떻게든 마고의 기적을 빼앗으려 했죠."

몇 번이나 군대가 결성되어 마고를 가로막았다. 마고는 기적을 빼앗기지 않기 위해 계속해서 기적을 일으켰다. 그가 이끄는 것은 비구름이 아닌 폭풍이 되었다.

"언제부턴가 사람들은 마고를 이름이 아닌 템페스트라고 부르게 되었죠. 숭배와 두려움을 함께 느끼면서."

비서가 잠시 말을 멈추었다.

백현은 아무런 말도 하지 않고 비서의 말을 기다렸다. 먼저 듣지 않아도 알 수 있었다. 예정된 비극이 시작되었음을.

"사람은 말이에요."

비서가 긴 한숨을 내쉬었다.

"늘 한결같을 수는 없어요. 사람뿐만이 아니에요. 모든 존재가 마찬가지죠. 무엇을 겪어가느냐에 따라 변할 수밖에 없어요."

마고도 마찬가지였다.

처음의 그는 분명 선한 사람이었다. 가뭄으로 죽어가는 나라를 구원하기 위해 나섰고, 아무런 대가도 바라지 않고서 말라붙은 대지에 비를 내렸다.

왕관도 거부했고 궁중 마법사 자리도 거부했다. 그는 애초부터 그런 명예를 바라지 않았다.

"언제부턴가 마고는 자신을 칭송하는 것이 좋았던 거예요."

뒤를 길게 따르는 행렬이 처음에는 불편했다.

하지만 그들이 언제나 보내오는 선망의 눈길이. 존경과 희망을 담은 눈길이. 마고에게 있어서 그러한 시선은 당연한 것이 아니었으나, 성인이라 추앙받게 되면서 저런 시선들은 당연한 것이 되었다.

"사실 마고가 '왜' 그랬는지 정확한 이유는 알 수 없어요. 제가 마고인 것도 아니고, 그 자리에 있었던 것도 아니니까요. 이건 마고에 관련된 기록을 살핀 아이언메이드의 추측이고, 저도 동감해요."

백현도 고개를 끄덕거렸다. 그 역시 비서의 말에 동감하고 있었다.

"가뭄은 끝났어요. 대지는 풍요롭게 되었고 수확의 시기가 되었죠. 더 이상 마고가 비를 내리게 할 땅은 없었어요. 그의 기적을 탐내는 자들도 마고가 일으키는 폭풍의 두려움을 알게 되어서, 더 이상 찾아오지 않았죠."

쉬지 않고 비를 내리기 위해 걸었던 마고의 걸음이 멈추었을 때. 마고를 따르던 사람들이 떠나기 시작했다. 그들에게 있어서 마고는 여전히 신이었다.

하지만, 더 이상 기적을 일으킬 필요가 없게 된 신의 곁에 남는 자들은 많지 않았다. 수확의 시기가 다가옴에 따라 많은 사람이 자신의 논밭으로 돌아갔다.

"마고는 히쟌으로 돌아갔어요."

황금색의 논밭이 마고를 반겼다. 수확한 볏단들이 어느 밭에 가도 산더미처럼 쌓여 있었다. 농민들은 돌아온 마고를 향해 손을 흔들며 그의 이름을 연호했다.

마고는 그게 좋았고, 한편으로 불안했다.

가뭄은 끝났다. 풍요롭게 된 대지는 내년에도 금색으로 물들 것이다. 기적을 일으키지 않아도, 앞으로 계속.

"마고가 그렇게 했다는 기록은 없어요."

이건 아이언메이드의 추측이다.

"수확의 시기가 지나고서 마고는 모습을 감추었어요. 그 시기에 맞게…… 히쟌은 전대미문의 태풍 재해를 겪었죠."

추측일 뿐이라지만, 왜 태풍이 찾아왔는지는 명확했다.

"계속되는 태풍에, 히쟌의 사람들은 스스로 극복하기보다는 마고에게 의지했어요. 그들은 모습을 감춘 마고의 이름을 외쳤어요. 국왕조차 나서서 마고의 기적을 탄원했죠."

"관심종자였네."

"그렇게 되어버린 거죠. 말했잖아요? 사람은 한결같을 수 없다고. 뭐 어쨌든, 마고는 머지않아 다시 나타났어요. 그는 다시 유리병을 들어 기적을 일으켰죠."

태풍이 멈췄다.

"그 이후로도 히잔은 몇 번이나 끔찍한 자연재해를 겪었고, 그때마다 마고가 나타나 기적을 일으켰어요. 쭉 그랬다면 큰 문제는 없었겠죠. 하지만 몇 년의 시간이 흐르고."

태풍, 홍수, 지진, 가뭄, 폭설. 히잔은 연례행사처럼 그러한 대재해를 겪었다. 하늘이 미친 것 같았다. 거센 비바람에 가축이 날아가고 작물이 날아갔다.

마고가 나타나면 당연하단 듯이 태풍이 멈췄다. 날아간 것들은 저만치에 죽어 있었다.

굵은 장대비가 쉬지 않고 쏟아져 강물을 범람시키고 홍수가 났을 때. 마고가 나타나 비를 멈추게 했다. 하지만 범람한 강물에 휩쓸려 수많은 사람이 죽고 폭우로 산이 물러져 산사태가 났다.

겪어본 적도 없는 대지진이 건물을 무너뜨리고 땅이 갈라졌다. 마고가 나타나 지진을 멈추고 갈라진 땅을 붙였다. 하지만 파묻힌 사람과 건물에 깔린 사람들은 되살아나지 않았다.

높이 뜬 태양이 이상하게도 가까운 것처럼 느껴졌다. 이글

이글 끓는 기온에 땅에서 하얀 증기가 치솟고 작물이 말라 죽었다. 마고가 나타나 기적을 일으킨다. 작물과 사람들이 이미 말라죽은 뒤였다.

겨울이 될 때면 주기적으로 눈이 쏟아졌다. 주먹만 한 함박눈은 잘 녹지도 않고 수북이 쌓였다. 가끔은 눈이 아니라 우박이 쏟아지기도 했다. 우박에 머리가 터져 죽는 사람들이 많았다. 눈에 파묻히거나 눈사태에 떼죽음을 당하는 사람들은 셀 수도 없었다.

마고의 기적이 눈을 멈추게 하고, 쌓인 눈을 녹이고, 흠뻑 젖은 땅에 동사한 시체들이…….

"아무도 마고를 의심하지 않은 거야?"

"설마 그랬겠어요? 매년 그렇게 되면 바보라도 의심할 거예요. 하지만 어쩌겠어요? 상대는 신과 같은 기적을 일으키는 장본인인데. 단지 모두가 의심하지는 않았겠죠."

백현은 살짝 눈썹을 찡그렸다. 비서가 이야기하는 마고와, 갑작스레 얻은 힘에 취한 카르파고가 다를 바가 없다는 생각이 들었다.

"관심 수급을 위해서 참 많이도 죽었겠네."

"그게 정말 관심 수급을 위해서였다면요. 정황상 그래 보이기는 하지만."

"죄책감은 없었을까?"

"모르죠. 전 마고가 아니니까요."

"차라리 죄책감을 견디지 못해 자살하는 것이 아름다운 죽음일 거라고 생각해."

백현의 중얼거림에 비서는 풋 하고 웃었다.

"마고의 죽음에 대해 말할 때로군요."

방금 전에 웃었던 주제에, 비서의 목소리가 가라앉았다.

"그때는 가뭄이었어요. 매년 찾아오는 가뭄이었죠."

"이번에도 마고가 비를 내렸어?"

"물론이죠."

비서가 고개를 끄덕거렸다.

"너무 많은 비를요."

비가 멈추지 않았다. 말라붙은 땅은 이미 푹 젖은 진탕이 되었다. 강 길도 물이 가득 차 강물이 범람한다. 쏟아지는 빗줄기를 이기지 못해 주저앉은 사람들이 고함을 질렀다. 이제 되었다고. 제발 비를 그치게 해달라고.

"비는 그치지 않았어요."

바람이 불었다. 폭풍이었다. 거센 바람이 마고의 로브를 찢었다. 사람들이 바람에 날아가면서 비명을 질렀다.

마고는 당황하여 유리병을 붙잡았다. 진흙이 푸들거리며 떨리다가 지진이 되었다. 땅이 갈라져 벌어지고 진흙과 사람들이 그 아래로 추락했다. 비구름에 가려져 태양은 보이지 않았지만, 기온이 급격히 상승했다.

쏟아지는 빗물이 증발하면서 뿌연 수증기가 가득 차올랐다. 빗물이 눈과 우박이 되었다. 히잔이 매년 겪던 끔찍한 재해들이 동시에 일어났다.

그 중심에 마고가 있었다.

"그게 끝이에요."

비서가 무덤덤한 목소리로 말했다.

"히잔은 그렇게 멸망했어요."

"……멸망?"

"네. 소국이라지만 하나의 국가가, 전대미문의 대재해로 멸망했죠. 이 이야기는 그때의 히잔에서 간신히 탈출한 사람들이 엮은 책과 히잔의 멸망에 관심을 둔 학자들의 책들을 참고하여 아이언메이드가 정리한 거예요."

백현은 잠시 눈을 깜박거리며 비서를 쳐다보았다. 비서는 그 시선에 킥킥 웃었다.

"허무한 이야기죠? 하지만 저게 진짜 끝이에요."

"……마고는 그렇게 죽은 거야? 왜?"

"글쎄요. 왜 죽었을까……. 아, 잊은 건 아니죠? 백현 님이 들으려 했던 것은 템페스트의 기원이지, 마고의 이야기가 아니잖아요?"

비서가 침대에서 몸을 일으켰다.

"저 날 마고가 어떻게 죽었는지에 대한 기록은 없어요. 하지만…… 백현 님이 알고 있는 템페스트는, 저 날 태어났어요. 마고가 항상 들고 다니던 유리병. 마고로 하여금 기적을 일으키게 해주던 유리병 속의 호문쿨루스는, 유리병에서 벗어나 자유를 얻었어요."

백현은 자신도 모르게 손을 쥐었다.

"11차원의 사람들은 '그 존재'가 무엇인지 알지 못했죠. 마고가 유리병 속에 담고 다니던 것이 호문쿨루스라 추측하는 자들은 없었으니까요. 하지만, 히잔의 멸망 이후. 11차원에는 폭풍을 시작으로 해서 끔찍한 자연재해가 일어나는 일이 잦아졌죠."

히잔을 멸망시켰던 것과 같은 동시다발적인 자연재해.

"기억해요? 폭풍을 일으키던 마고가 템페스트라고 불렸다는 거. 사람들은 갑작스러운 폭풍을 두고서, 히잔과 함께 죽은 마고의 저주라며 '템페스트'라고 부르기 시작했어요. 그렇게…… 유리병 속의 호문쿨루스는 템페스트가 된 거예요."

"……그게 호문쿨루스인 것은 확실해?"

"네."

비서가 고개를 끄덕거렸다.

"아인언메이드는 11차원에 보낸 권속을 통해, 갑작스러운 폭풍의 핵을 관측하는 것에 성공했어요. 뚜렷한 형태가 없는 존재. 하지만 그건 확실하게 살아 있었죠. 그것은 그 어떤 존재와도 닮지 않았어요. 전혀 별개의, 인공적인 존재였죠."

"왜 아이언메이드는 그때 템페스트와 직접 만나지 않은 거지?"

"신격이 다른 차원으로 넘어가는 것은 어지간히 특별한 경우가 아니고서야 불가능하기 때문이에요. 그래서 어비스가 굉장히 특별한 거죠."

비서는 그렇게 말하면서 백현을 지나쳤다. 그녀는 책장 앞의 사진들을 바라보며 말을 이었다.

"아이언메이드는 템페스트와 어떻게든 접촉하려 했지만, 그때의 템페스트는 도저히 접촉할 수 없는 존재였어요. 그러다가 템페스트는 신격이 되었고, 아이언메이드의 관측에서 벗어났죠."

"그리고 어비스에서 만난 거구나."

"아이언메이드는 혼돈의 근원을 통해 자신의 비원을 이룰 수 있지 않을까 생각했어요. 템페스트와 이곳에서 만나게 된 것은 단순한 우연이었죠. 하지만 아이언메이드는 어비스에서도 템페스트와 접촉하지 못했어요."

비서가 쓰게 웃었다.

"템페스트는 너무 광폭했거든요. 11차원에서 자연재해를 일으키고 다닐 때도 그랬지만, 신격이 되어 어비스에서 마주하게 된 템페스트는 아이언메이드가 도저히 감당할 수 없는 존재였어요. 무수히 많은 정령의 군세를 이끌고…… 흠, 사실 그건 정령이라고 할 수도 없겠지만요."

"정령이 아니라고?"

"엄밀히 말하자면요. 진짜 정령은 템페스트의 정령과는 달라요. 템페스트 본인이 정령이 아니기도 하고. 어쨌든, 아이언메이드는 어비스에서 무던히도 템페스트와 접촉하려 했지만 큰 성과를 내지는 못했어요. 당시의 템페스트는 그 누구와도 대화하려 들지 않았거든요."

템페스트의 깡패 같은 기질은 익히 들어 알고 있었다.

'혈사자가 템페스트를 피해 도망 다녔다지.'

백현은 술잔이 어쩌고 하며 무게를 잡던 혈사자를 떠올리며 피식 웃었다.

"……음."

사진을 바라보던 비서가 작은 신음 소리를 냈다.

"아이언메이드는 히잔의 멸망과 마고의 죽음에 대해 이렇게 추측하고 있어요. 템페스트…… 호문쿨루스가 폭주한 것이라고요."

"폭주?"

"네. 거듭된 기적을 벌이는 와중에 호문쿨루스의 힘이 너무 강대해졌고, 결국에는 마고의 통제에서 벗어나 폭주한 거라고요. 어쩌면 폭주가 아닐지도 모르고요."

"마고가 자살했다는 거야?"

"아뇨. 아이언메이드는 마고가 자살했다는 것은 애초에 배제하고 있어요. 폭주가 아니라면 답은 뻔하죠."

비서가 고개를 돌려 백현을 쳐다보았다.

"호문쿨루스가 자유를 얻기 위해 마고를 죽인 거예요."

어느 쪽이든 마고의 죽음은 호문쿨루스에 의한 것이다. 선의에서 시작된 마고의 이야기는 그런 비극으로 끝났다.

백현은 마땅한 죽음이라고 생각했지만, 나라 하나가 함께 멸망해 버렸으니 마음 놓고 마고의 죽음을 비웃지도 못했다.

"마스터에게는 비밀이에요."

비서가 검지를 입술에 갖다 붙이며 말했다.

"뭐가 비밀이란 것인지는 아시겠죠?"

"걱정 마. 할 말, 못 할 말 구분 못 하는 바보는 아니니까."

"백현 님 인터뷰했던 것 보면 구분 잘 못 하시는 것 같던데요."

"그건 못 한 게 아니라 안 한 거지."

백현의 투덜거림에 비서는 쿡쿡 웃었다.

"아이언메이드가 알고 있는 템페스트에 관한 이야기는 이게 전부예요. 도움이 되셨나요?"

"잘 모르겠어."

템페스트라는 신격이 어떻게 태어났는지는 알았지만, 백현이 의문을 품었던 것은 템페스트의 기원이 아닌 서민식을 유별나게 총애하는 이유다.

비서의 이야기는 템페스스보다는 마고에게 초점이 맞춰져

있었다. 템페스트의 '성격'이라 할 만한 것은 조금도 드러나지 않았다. 덕분에 추측할 거리랄 것도 없었다.

"진짜 비밀이에요. 알았죠?"

그를 두고서 손가락을 걸고 약속까지 하고 나서야 비서의 방을 나올 수 있었다.

꽤 오랫동안 머물렀던 발렌시아의 공방을 나서면서, 백현은 생각을 정리했다.

여전히 모르겠다. 템페스트의 기원과 서민식에 대한 총애는 맞물리지 않는다. 이야기 속의 템페스트는 마고가 기적을 일으키게 해주는 도구에 지나지 않았다. 그리고 끝내 자의든 타의든 간에 마고를 파멸시켰다.

'왜 어비스에 온 거지?'

그 역시 풀리지 않은 의문이었다.

어비스의 신격들은 각자 나름의 목적을 두고서 어비스에 왔다. 아이언메이드만 하더라도 혼돈의 근원을 취해 호문쿨루스를 완성하겠다는 확실한 목적이 있었고, 전대 무령은 혼돈의 근원으로서 자신의 불완전성을 극복하려 했다.

그나마 이례적이라 할 것은 재생의 뱀이다. 그녀가 어비스에 들어온 것은 단순한 유희에 지나지 않는다.

그렇다면 템페스트는 왜 어비스에 온 걸까. 템페스트는 혼돈의 근원을 취함으로써 무엇을 이루고자 했을까. 아이언메이드가 말하기를, 템페스트는 다른 신격와 일절 대화를 나누지 않고 무조건적으로 싸움을 벌여가며 어비스를 떠돌았다고 했다. 그 거침없는 행보는 그만큼 혼돈의 근원을 탐해서가 아닌가?

'아냐.'

진정 혼돈의 근원을 탐하는 것이라면, 다른 군주들처럼 재빠르게 사도를 선정했을 것이다. 외차원에 발이 묶이게 된 이상 혼돈의 근원을 탐색하는 것에는 인간을 쓸 수밖에 없고, 그 중에서 우수한 인간을 선별해 사도로 삼는 것이 최선이다.

하지만 템페스트는 사도를 선정하지 않았다. 그러한 행동을 보면 템페스트가 과연 혼돈의 근원을 열정적으로 탐했는지조차 의문이다.

그런 주제에 왜 과거의 어비스에서는 보이는 신격마다 싸움을 걸어댔단 말인가?

"뭐 이리 오래 걸렸어?"

어비스를 나와 천공성으로 돌아왔다. 소파에 엎드린 사라는 곁에 만화책을 산처럼 쌓아대고서 읽고 있었다.

"그럴 만한 일이 있어서. 근데 너는 어째 맨날 누워만 있냐? 수행 같은 것은 안 해?"

"사람을 뭐로 보는 거야. 나도 수행 열심히 하거든?"

쯧쯧 혀를 차며 한 질책에 사라가 발끈해서 고개를 치켜들었다.

사실 그것은 백현도 잘 알고 있었다. 볼 때마다 퍼질러 누워 있는 빈도가 높기는 하지만, 의외로 사라는 매일 천공성의 연무장에서 긴 시간을 보내며 꾸준한 수행을 하고 있었고, 가끔씩은 백현과 대련을 하기도 했다.

그것을 뻔히 알면서 물어본 것은, 단순히 사라가 늦게 온 이유를 따져대지 않게 하기 위함이었다.

"귀에 그건 또 뭐야? 귀걸이? 너, 그 여자 만나고 올 때마다 어째 점점 액세서리가 늘어난다? 설마 그 여자가 선물해 준 거야? 아니면 그 여자 만난다고 꾸민 거야?"

"아티펙트거든, 이 멍청아. 오늘 아티펙트 받으러 간다고 아까 말했잖아."

"왜 액세서리인 건데? 이러다가 다음에 반지까지 받아 오는 것 아냐? 너, 반지 받으면 진짜 알아서 해. 그때는 정말 너 죽고 나 죽는 거야."

내가 죽을 일은 없을 것 같은데. 백현은 그렇게 중얼거리면서 귓불의 귀걸이를 어루만졌다.

"반지라니 말이 되는 소리를 해라. 내가 그런 걸 왜 껴? 주먹 쥐고 때리기 힘들게."

"반지 끼고 때리는 게 더 아프대."

"난 그냥 때리는 게 더 세."

아티펙트가 아무리 단단하다지만 백현의 주먹질에 시달리

다 보면 금세 박살 날 것이다.

"……근데 넌 어째 갈수록 옷이 짧아지는 것 같냐?"

힐긋 본 사라의 모습이 은근히 거슬렸다.

살짝 비치는 나시에 다리를 그대로 드러내는 반바지. 아니, 저걸 반바지라고 해야 하나? 허벅지의 반도 안 오는 바지를 반바지라고 할 수 있는 건가?

백현의 머릿속에 있는 반바지는 무릎 언저리까지가 마지노선이었다. 그는 돌핀팬츠가 뭔지도 몰랐다.

"뭐래. 언제부터 관심을 가졌다고."

"아니, 관심 갖는 게 아니라. 아직 꽤 춥잖아."

서울의 4월은 아직도 춥다. 물론 이건 바보 같은 질문이었다. 쓰는 무공부터가 냉기를 뿜어대는 사라에게 추위가 뭔 상관인가?

"춥기는. 밖에 나가는 것도 아닌데."

"너 그거 입고 밖에 돌아다니는 건 아니지?"

"……갈 수도 있는 거지."

사라가 입술을 비죽 내밀며 웅얼거렸다.

물론 말뿐이었다. 사라는 이런 면에서 부끄러움이 많다. 머리가 돌아버리지 않고서는 저런 옷차림으로 밖에 나가지 않을 것이다.

"나가기만 해, 확 그냥."

"확 그냥, 뭐? 어? 내가, 나 입고 싶은 것 입고 나가겠다는데!"

"사람들이 보고 뭐라고 생각하겠어?"

"야! 이거보다 짧은 옷 입고 돌아다니는 사람이 한둘이야?"

"어쨌든 안 돼."

"……너 질투하는 건 아니지?"

뚱한 표정으로 백현을 보던 사라가 넌지시 물어보았다. 얼굴은 발그스레했지만, 입꼬리가 씰룩거리며 올라가고 있었다.

"뭔 헛소리야?"

그 질문에 백현은 어이가 없다는 표정을 지었다. 질투? 저 민망한 옷차림의 무엇이 질투와 연관되었다는 건가?

"다른 남자들이 나 힐긋힐긋 쳐다볼까 봐 그러는 거 아냐?"

"그게 무슨 상관……."

헛웃음을 지으며 대답하려다가, 말이 막혔다. 자연스레 뒤따른 상상 때문이었다.

사라가 저런 꼴로 나간다면 시선의 중심이 될 것은 분명했다. 사실 사라의 옷차림이 유별나게 튀는 것은 아니었지만, 비주얼과 유명세는 어쩔 수 없는 일이다.

참 이상하게도, 그게 마음에 들지 않았다. 돌핀팬츠 아래의 매끈한 다리를 쳐다보는 시선들을 생각하니 속이 부글부글 끓는 것 같았다.

"……대련이나 할래?"

"갑자기?"

"응."

괜스레 얄미운 사라를 두들겨 패고 싶어졌다.

사라는 어이가 없다는 표정으로 백현을 보다가 홱 고개를 돌렸다. 그러곤 덮어두었던 만화책을 보란 듯이 높이 들었다.

"싫어. 만화책 볼 거야."

"그거보다 나랑 대련하는 게 더 재미있지 않을까?"

"미쳤냐? 대련이 뭐가 재밌어? 너 나 두들겨 팰 거잖아!"

눈치 하나는 빨랐다.

만화책 삼매경인 사라를 내버려 두고 거실을 나왔다. 오늘도 없는가 싶었는데 샤나크의 방문이 열려 있었다.

벌써 몇 달째 함께 지내는 샤나크는 천공성 안에 자신의 방까지 두었는데, 사라가 항상 쏘아 붙여대도 매일 문을 반쯤 열어두고 기타를 뜯었다.

백현은 걸음을 멈추고서 샤나크의 방 안을 들여다보았다. 자기 취향으로 꾸며둔 방에는 온갖 종류의 포스터들이 벽면에 덕지덕지 붙어 있었다.

그런 방의 한가운데에서, 샤나크는 다리를 꼬고 앉아 기타를 치며 노래를 부르고 있었다. 언제나처럼 꽥꽥대는 노래가 아닌 감미로운 발라드였다.

하지만 못하는 노래 실력이 장르가 바뀐다고 나아지는 것은 아니었기에, 샤나크의 발라드는 음정과 박자가 어긋나 듣는 것이 고역이었다.

물론 듣는 사람 나름이다. 똑같은 음치인 백현에게 있어서, 샤나크의 노래는 잘한다는 감상은 전혀 느끼지 못해도 동질감으로서 친숙하게 다가왔다.

"왔나?"

노래를 끝낸 샤나크가 백현을 돌아보았다.

백현은 고개를 끄덕거리다가 샤나크의 앞에 놓인 카메라를 쳐다보았다.

"저건 뭐냐?"

"카메라다."

"아니…… 그건 나도 아는데. 왜 카메라를 앞에 두고 있냐고."

"영상을 찍고 있다."

"찍어서 뭐 하게. 저예산 뮤직비디오라도 만들어?"

"썩어나는 게 돈인데 왜 저예산 뮤직비디오를 찍겠나. 이건 내 SNS에 올릴 거다. 편집 하나 하지 않은 날것으로 말이야."

그렇게 말한 샤나크는 백현을 향해 손짓했다.

"여기 앉아서 나랑 친한 척이나 좀 해라."

"갑자기 왜……?"

"네가 나오는 것만으로도 더 큰 이슈가 될 테니까."

"싫어."

백현은 질색하며 대답했다. 그러자 샤나크는 표정 변화 없는 얼굴로 중얼거렸다.

"이건 편집해야겠군."

"편집 없는 날 것으로 한다며."

"너랑 내가 안 친해 보이잖냐. 혹시나 해서 물어보는데, 우리는 친한 건가?"

샤나크가 백현을 쳐다보며 물었다. 여전히 표정이 적어 삭막한 얼굴이다. 백현은 떨떠름한 표정으로 샤나크를 쳐다보았다.

잠시 동안, 그는 샤나크와의 관계에 대해 생각해 보았다. 샤나크와의 인연은 악몽의 결정자로 시작되기는 했어도, 만나서 겪어본바 샤나크는 제법 괜찮은 녀석이었다.

"친하지."

"대답 사이의 공백이 거슬리는군."

"누가 그런 민망한 걸 물어보래? 그런데 너, 집에 안 가냐?"

"갔으면 좋겠나?"

"왜 내가 물어봤는데 질문으로 대답하는 거야. 나야 뭐 가든 안 가든 상관없는데, 네가 괜찮냐는 거지."

"난 상관없다."

그렇게 대답하며 샤나크는 기타를 튕겼다.

베개 밑에 머리를 파묻고 있던 봉제 인형이 벌떡 일어섰다. 그녀는 공중을 뽀르르 날아 백현의 목에 매달렸다.

[재 좀 그만하라고 해.]

'뭘요?'

[뭐겠어! 노래 말이야, 아까부터 계속 불러댄단 말이야.]

'듣기 싫으면 나가면 되잖아요.'

[나가면 사라 그 계집애가 날 괴롭혀.]

'그것도 처음에야 그랬지, 이제는 질려서 안 하던데.'

처음 봉제 인형을 보았을 때는 인형 옷을 주야장천 입히는 식으로 괴롭혔지만, 지금은 아니었다. 아무리 인형 옷이 많아도 몇 달 동안이나 입히고 벗기다 보면 질리게 마련이다.

[네가 몰라서 그래. 이제는 다른 걸로 괴롭힌단 말이야.]

'뭐 어떻게 괴롭히는데요.'

[네 이름을 부르면서 날 때려.]

사라의 어두운 일면을 알게 되었다.

백현은 할 말을 잊고서 입술을 삐끔거리다가, 봉제 인형을 들고서 방을 나왔다.

[어디 가?]

'발렌시아한테 아티펙트를 받아왔거든요.'

[그때 말한 그거? 어디 봐봐, 이거지? 귀걸이.]

봉제 인형이 뽀르르 날아 백현의 어깨에 앉았다.

[흠, 흠.]

봉제 인형이 품평하듯이 귀걸이를 살펴보았다. 보는 것뿐만이 아니라 인형의 손으로 더듬기도 했다.

따끔거리는 느낌에 고개를 돌리니, 봉제 인형이 빛에 휘감긴 손으로 귀걸이를 붙들고 있었다.

'뭐 하는 거예요?'

[혹시 몰라서. 아이언메이드가 뭔가 수작을 부렸을지도 모르잖아.]

'설마 그랬으려고.'

[조심해서 나쁠 것은 없지. 음, 괜한 걱정이었네. 내가 보기에 문제는 없어.]

'아이언메이드가 그런 음모를 꾸밀 성격인가요?'

천공성의 중심 핵으로 향하면서 아이언메이드에 대해 물어보았다.

그 질문에 봉제 인형은 잠시 과거를 떠올리며 생각에 잠겼다.

[음…… 글쎄? 난 아이언메이드와는 별 인연이 없었어. 몇 번 먼 곳에서 보았던 것이 전부야. 하지만 뭐, 마법사는 대부분 음모를 좋아하니까. 혹시 몰라서 살펴본 거지.]

'당신도 음모를 좋아하나요?'

[그렇게 물으면 할 말이 없지. 흑마법사는 대부분의 세상에서 배척받는 존재야. 살아남기 위해서는 지저분한 모략질에도 익숙해야 해.]

봉제 인형이 킥킥 웃으며 말했다. 인형의 몸뚱이로 하는 말이라 그다지 공감되지는 않았다.

[뭐, 내 경우에는 인간이었을 때도 원체 뛰어났던지라 모략을 꾸밀 필요도 없었지.]

'지금은 어때요?'

[내가 너를 두고 음모 따위를 꾸미고 있을까 걱정하는 거야?]

봉제 인형이 백현의 뺨을 양손으로 꼬집었다.

[네가 나의 적이라면, 음, 아마 음모를 꾸몄겠지. 하지만 넌 나의 적이 아니잖아. 혹시 넌 날 적이라고 생각해?]

'지금은 아니죠.'

[넌 가끔 보면 꽤 섬뜩하단 말이야. 지금은 아니라는 건, 언젠가 적이 될 수도 있다는 걸 상정하고 있다는 거잖아.]

'난 악몽의 결정자 님을 좋아해요. 하지만 내가 아는 악몽의 결정자 님이 당신의 전부는 아닐 것이고, 상황에 따라서 어쩔 수 없이 관계가 비틀릴 수도 있겠죠.'

[그건 나도 이해해. 그렇게 되지 않기를 바라고. 그래도, 만약에…… 우리가 적이 된다면. 넌 나를 순수하게 적으로서만 대할 거야?]

'당신이 나를 죽이려 하거나, 내가 잃고 싶지 않은 것들을 해하려 든다면요.'

[그런 면이 섬뜩한 거야. 네 대답에는 긴 고민이 없었어. 그건 너 스스로 당연히 그렇게 해야 한다는 자각이 있어서겠지?

내게 있어서 너는 적으로 돌리고 싶지 않은 부류야. 넌 이런 면에서는 인간답지 않게 냉혹해.]

봉제 인형은 그렇게 말하며 백현의 뺨을 잡고 있던 팔을 내려놓았다.

[우리는 적이 되지 않을 거야. 네가 그것을 바란다면 또 모를 일이지만, 나는 널 적으로 삼고 싶지 않거든. 네가 잃고 싶지 않다는 것을 해하고 싶지도 않고.]

'나도 당신과 적이 되고 싶지 않아요. 난 이미 적이 너무 많거든요.'

[서로 바라는 게 똑같으니 다행이네. 난 지금의 관계에 만족해. 샤나크가 네게 있어서 잃고 싶지 않은 존재가 되었으면 좋겠다고 진심으로 바라고 있어.]

그 말에 백현은 피식 웃었다.

'그렇게 말하지 않으셔도, 난 샤나크가 위험하다면 도와줄 거예요. 녀석이 나를 배신하지 않는다면.'

[샤나크가 배신할 성격은 아니지. 그렇게 생각하지 않아?]

'나야 모르죠. 말했잖아요, 내가 아는 게 상대의 전부는 아닐 거라고.'

[물론 그렇겠지. 어떤 존재든 똑같아. 자신이 누구든 간에 상대의 전부를 알고 이해할 수는 없어. 자기 자신도 완전히 알지 못하는 마당에.]

백현의 걸음이 멈추었다. 그는 널따란 방 중앙에 둥실 떠 있는 아프라스를 향해 다가갔다.

'템페스트와 만난 적 있어요?'

[응?]

'템페스트 말이에요.'

[네 친구 때문에 그래? 어비스에 온 신격은 모두가 한 번쯤은 템페스트와 맞닥뜨렸을 거야. 나도 그랬고. 템페스트에 대해 궁금한 거야?]

'템페스트뿐이겠어요? 나는 어비스의 모든 군주에게 궁금증을 가지고 있어요.'

[적으로서?]

'경쟁자로서요. 혹은 선배로서일 수도 있고.'

백현의 대답에 봉제 인형의 말문이 막혔다.

반짝이는 인형의 눈에 눈꺼풀은 없었고 입은 봉제선으로 만들어졌다. 하지만 가능했더라면 봉제 인형은 눈을 끔벅거리고 입을 벌려 어안이 벙벙한 표정을 지었을 것이다.

[이거 참…… 오만하셔라.]

그렇게 중얼거린 뒤, 봉제 인형은 피식 웃었다.

[하긴. 너에게는 그럴 만한 자격이 있지.]

백현도 마주 웃었다.

아프라스에 손바닥을 올렸다. 귀걸이에 대해 전해 들은 아프라스가 즉시 귀걸이와의 링크를 시작했다.

백현은 귓불이 찌르르 울리는 것을 느끼며 봉제 인형을 힐긋 쳐다보았다.

'그래서, 안 알려줄 거예요?'

[생각하고 있어. 음, 으흠…… 템페스트라. 그건 꽤나 난폭한 녀석이었지.]

'많이 들은 이야기네요.'

[템페스트는 이상할 정도로 호전적이었어. 한번 싸움을 시작하면 도통 물러서려고 하지 않았지. 그만큼 강하기도 했고 말이야. 나도 템페스트와 맞닥뜨렸을 때는 꽤나 애먹었어.]

'이겼어요, 졌어요?'

[승패를 가리지는 못했지만…… 물러선 것은 나였지. 관점에 따라서는 내가 졌다고 생각될 수도 있겠네.]

그 말에는 자신의 패배를 인정할 생각이 없다는 강한 뉘앙스가 섞여 있었다.

'왜 물러서신 건데요?'

[신격이 신격을 소멸시키는 것은 말처럼 쉬운 일이 아니야. 특히 템페스트 같은 강력한 신격을 상대로 승리를 확실히 하려면 나도 그만한 각오를 해야 해.]

봉제 인형이 과거를 떠올리면서 투덜거렸다.

[나와 템페스트 둘만이었다면 나도 끝을 보러 들었을 거야.

하지만 어비스에는 우리 둘만 있는 것이 아니잖아. 싸움을 끝내고 약해졌을 때 다른 신격이 공격해 오면? 응, 그래서 안 되겠다 싶어서 물러선 거야. 템페스트는 그럴 생각이 아닌 것처럼 보였지만.]

귓불의 울림이 잦아들었다.

[내 느낌이지만, 그때의 템페스트는 마치…… 싸우다 죽고 싶어 하는 것 같았어.]

링크가 끝났다.

11장
내가 누구인지

“얘기는 들었어.”

어둠 속에서 웅크리고 앉은 헌드레드가 말을 걸었다.

이번이 벌써 세 번째 방문이지만, 이곳의 공기는 여전히 역하고 불쾌하게 느껴졌다.

그러한 기분이 표정에 드러난 모양이다. 헌드레드가 검무희의 얼굴을 보고 킬킬 웃었다.

“나 없을 때도 왔었다며? 세 번이나 왔으면 익숙해질 때도 되지 않았나?”

“지난번에는 없었는데. 오늘은 볼일이 없는 겁니까.”

쌀쌀맞은 태도로 묻는 질문에 헌드레드의 눈이 동그래졌다.

이윽고 그는 넉살 좋게 웃으며 대답했다.

"저번에는 그냥 바깥 공기나 쐬러 간 거야. 그도 그렇잖아? 기껏 죽다 살아났는데, 이 시커먼 곳에서 문지기 노릇이나 하고 있으니."

"당신이 자처한 일이지 않습니까."

"물론 그렇기는 하지."

히죽거리며 웃기만 할 뿐. 헌드레드는 자신이 어디에 다녀왔는지 말해주지 않았다.

'바깥 공기를 쐬고 왔다고?'

검무희는 그 말을 믿지 않았다.

"무엇을 꾸미고 있는 겁니까?"

"갑자기 물어보는군. 이래 봬도 내 입은 꽤 무거워. 물어본다고 해서 얼씨구나 대답해 주지 않는단 말이야."

헌드레드의 눈이 둥글게 휘어졌다. 검무희는 잠시 헌드레드를 바라보다가 고개를 들어 하늘을 보았다.

높은 하늘에는 여전히 월드이터가 떠다니고 있었다. 아니, 저것은 월드이터가 아니다. 신격과 자아가 상실된 껍데기일 뿐이다.

"왔는가?"

먼 곳에서 들려온 목소리가 순식간에 가까워졌다.

어느새 검무희는 역천자의 앞에 서 있었다. 그는 여전히 촛불의 한가운데에 앉아 있었다.

짧은 순간에 검무희는 촛불을 훑어보았다.

조금 변해 있었다. 꺼진 촛불과 불빛의 색이 다른 촛불의 숫자는 똑같다. 하지만 다른 불빛의 색이 저번보다 더 짙어 있었다.

"……지금 바로 가는 겁니까?"

"아니, 바로는 아닐세. 마땅한 준비는 해두었지만, '문'이 열리는 것은 아직 내가 어찌할 수 없는 일이거든."

그 말은 꽤 묘하게 들렸다. '아직' 할 수 없는 일이라면, 언젠가는 마음대로 그 문이라는 것을 열 수 있다는 뜻인가?

검무희는 두 눈을 가늘게 뜨고서 역천자를 응시했다. 얼굴에 덮어쓴 가면의 눈구멍 안쪽에서 보이는 눈. 그 안에 불길한 기류가 일렁거린다.

"그대가 나간다는 것에 마룡왕은 아무런 말도 하지 않던가?"

"만나지 못했습니다."

만약, 진짜 밖으로 나가게 된다면. 언제 다시 돌아올 수 있을지는 모른다. 어쩌면…… 돌아오지 못할 수도 있다. 검무희는 그만한 각오는 지니고 있었다.

물론 그녀가 생각하는 '돌아올 수 없는' 최악의 상황은, 백현에게 살해되어서가 아니라 역천자의 꿍꿍이에 휘말렸을 경우였다.

"그런가? 제법 서운하겠군."

"그다지. 마룡왕과는 이해관계가 일치하여 잠시 함께하였지만, 언젠가는 적이 될 수밖에 없습니다. 나도 마룡왕도 그것을 확실하게 인지하고서 함께하였으니, 이별의 인사를 전하지 못했다 하여 아쉬울 일은 없습니다."

무뚝뚝한 목소리로 내뱉은 대답에 역천자는 큭큭 웃었다.

"그야 그렇지. 혼돈의 근원을 손에 넣을 수 있는 것은 결국 하나의 신격뿐이니 말일세."

당장 검무희와 마룡왕이 동맹을 맺었다지만, 그들이 혼돈의 근원을 발견한다면 결국 둘 중 하나가 죽어야 했다.

그렇다면 애당초 동맹을 맺을 필요도 없겠지만, 검무희와 마룡왕은 혼돈의 근원이 쉽사리 다스릴 수 없는 요악한 것임을 너무나도 잘 알고 있었다. 그들의 목적은 일단 근원을 발견한 뒤에, 거슬리는 다른 신격들을 말살하는 것이었다.

"물론 내 입장에서는 어리석다는 말밖에 해줄 수 없네만……. 혼돈의 근원은 우리가 감히 손댈 수 있는 것이 아니야. 이미 주인이 정해져 있는 것이고, 그를 무시하고 손을 댔다가는 역으로 삼켜질 뿐이지."

"나는 당신의 일방적인 신앙에 공감하고 싶은 생각은 없습니다."

검무희는 고개를 저으며 역천자의 말을 정면에서 부정했다.

"심연의 왕좌는 스스로 혼돈으로 회귀해 혼돈 자체가 되었습니다. 애당초 자아가 있을지도 의문인 혼돈의 덩어리를 신앙하는 것은, 나로서는 광기라고 밖에 생각되지 않습니다."

자신의 신앙이 정면에서 부정당했음에도 역천자는 불쾌한

기색 없이 웃기만 했다. 그 웃음은 검무희로서는 이해할 수 없는 확고한 믿음에 기인해 있었다.

역천자가 앉았던 몸을 일으키며 말했다.

"나는 믿음의 다름을 존중한다네. 자, 슬슬 시간이 되었군."

"문은 이곳에서 열리는 겁니까?"

"아니. 문이 열리는 곳은 이곳이 아닐세."

역천자는 그렇게 말하며 손을 휘저었다. 그러자 어둠이 흩어지더니 둥그런 통로가 만들어졌다.

검무희가 만들어진 통로를 경계 어린 눈으로 쳐다보자, 역천자는 피식 웃더니 뒷짐을 지고서 통로로 걸어 들어갔다.

"계속 거기에 있을 텐가?"

검무희는 말없이 역천자의 뒤를 따랐다.

역천자는 천천히 걸었지만, 이상하게도 검무희는 그의 걸음 속도를 쫓아가는 것이 버거웠다. 걷는 속도를 더 올려보았지만, 역천자와의 거리는 좁혀지지 않았다.

"……이건 뭡니까?"

"축지법일세. 내가 가진 다양한 재주 중 하나지. 그대도 알잖는가? 내가 술법에 도가 튼 존재라는 것을 말이야."

클클거리는 웃음소리를 들으며 검무희는 주변을 둘러보았다. 흔들리는 어둠 너머에서 풍경이 빠르게 스쳐 지나가는 것이 보였다.

얼마간의 시간이 지난 후, 검무희와 역천자는 통로의 끝에 도달했다. 출구는 혼돈이 가득 찬 어비스의 이면에 이어져 있었다.

"저게 보이는가?"

역천자가 손가락을 들어 앞을 가리켰다.

검무희는 그곳을 쳐다보았지만, 거기에는 이면의 어디를 가도 똑같은 혼돈만이 가득할 뿐이었다.

"……뭐가 있다는 겁니까?"

"보다 집중해서 봐보게. 그대라면 볼 수 있을 게야."

검무희는 가르치는 것 같은 역천자의 말투가 내심 마음에 들지 않았다. 하지만, 역천자가 시키는 대로 심안을 보다 집중했다.

빨려 들어갈 것 같은 혼돈을 뚫어져라 보자, 머리가 욱신거렸다. 혼돈을 심안으로 직시하는 것은 한때 신격이었던 검무희에게도 쉬운 일이 아니었다. 오히려 보지 않아도 될 것을 보게 하는 심안이기에 부담이 크다.

"……아."

과연. 역천자가 말한 대로, 무언가가 있었다.

아니, 그것은 어떠한 현상이라 말해야 할 것이다. 뒤엉킨 혼돈의 흐름 사이에 자그마한 틈이 있었고, 천천히 틈이 벌어지며 혼돈을 밀어내고 있었다.

"이 세상을 구성하고 있는 혼돈은 계속해서 늘어나고 있네."

검무희의 곁에 선 역천자가 말했다.

"어비스는 주기적으로 혼돈을 저 구멍으로 배출한다네. 그렇게 배출된 혼돈은, 어비스와 이어진 바깥세상으로 흩어지지. 그렇게 배출된 혼돈이 바깥으로 나아가며 몬스터가 되는 게야."

"몬스터?"

"그대도 잘 알지 않나? 어비스에서 살아가는 급 떨어지는 괴물들. 그들은 모두가 혼돈이 뭉쳐 태어난 심연의 왕좌의 권속일세."

그것은 검무희도 잘 알고 있었다. 역천자의 말대로 어비스의 몬스터들은 급이 너무 떨어진다.

물론 비교 대상이 신격과 그들의 권속이기는 하지만. 어비스의 몬스터들은 숫자가 많다는 것 외에는 이렇다 할 장점이 없다.

가끔 오래 묵은 몬스터들이 지성을 갖고 쓸 만한 힘을 뽐내기는 하지만, 그래 봤자 신격의 앞에서는 조금 더 나은 버러지일 뿐이다.

"당신이 숭배하는 심연의 왕좌의 권속들은 참 보잘것없군요."

"하하, 너무 무시하지는 말게. 본래 신격의 권속이란, 신격의 휘하를 벗어나면 굉장히 힘이 떨어지게 마련이니까. 심연의 왕좌가 사라진 지금, 어비스의 몬스터들은 본래 가져야 마땅할 힘을 잃고 잡졸로 영락해 버렸어."

"쭉 잡졸로 남겠군요. 심연의 왕좌가 돌아올 일은 없을 테니."

검무희는 그렇게 중얼거리며 역천자를 쳐다보았다.

"저 구멍이 몬스터가 나가는 길인 겁니까."

"그렇지. 물론 오늘은 저 구멍에서 혼돈이 배출되지는 않을 걸세. 그대가 나가게 될 테니 말이야."

틈이 점점 넓어진다. 역천자는 걸음을 옮겨 검무희의 곁을 떠났다.

벌어지는 틈의 앞에 서서, 역천자는 양손을 들어 올렸다. 그의 손이 불길한 기류에 휘감겼다.

"그대 혼자서는 길을 알아도 나갈 수 없네."

역천자의 손이 움직인다. 계속해서 벌어지는 틈 주변을 휘감던 혼돈이 역천자의 손에 밀려났다.

틈이 충분히 벌어진다면 혼돈이 그 틈으로 쏟아져 들어간다. 하지만 지금은 역천자에 의해 혼돈의 흐름이 밀려나고 있었다.

"이 틈은 신격이 나가기에는 너무나 좁아. 그렇기에 나는 나갈 수 없지만…… 그대는 신격이 아니니 나갈 수 있네. 천존도 나갔으니까."

역천자가 고개를 돌려 검무희를 쳐다보았다.

"지난번에도 말했지만, '길'을 제대로 찾는 것이 중요하네. 만약 길을 잃어 헤매게 된다면, 그대는 영원토록 저 안을 헤매다 혼돈에 잡아먹히게 될 게야."

"천존도 해낸 것을 내가 못 할 리가 없잖습니까. 나는 내 눈을 믿습니다."

"천존이 길을 잃지 않은 것은 천공성의 좌표 계산 덕분이지. 뭐…… 나도 이리 말은 하지만 큰 걱정은 하지 않는다네."

역천자의 오른손이 아래로 내려왔다. 그는 왼손으로 계속해서 혼돈의 흐름을 관장하며, 왼손을 가볍게 흔들었다. 그러자 그의 손목에 거무튀튀한 묵주 목걸이가 걸렸다.

"받으시게."

역천자의 손을 떠난 묵주 목걸이가 검무희에게 날아왔다.

"그게 있다면, 다시 이곳으로 돌아올 수 있을 걸세. 지금부터가 중요하니 잘 듣고."

묵주 목걸이를 응시했다. 아무런 불길함도 느껴지지 않았지만, 마도와 술법의 종주인 역천자가 만들어낸 것이니 꺼림칙하게 느껴졌다.

"틈으로 나가, 헤매지 않고 길을 걷는다면. 그대는 어비스가 아닌 바깥에 도착하게 될 걸세. 그 뒤에는 꽤 많은 사람과 마주하게 될 게야."

"사람들?"

"그대가 깨어났을 때 알려준 헌터라는 자들일세. 외차원으로 이주한 신격들과 계약을 맺은 권속들이지."

"그들을 죽이지 말라는 겁니까."

역천자가 헛웃음을 흘리며 고개를 저었다.

"뜻대로 하시게. 죽이거나 죽이지 않거나, 그게 중요한 것은 아니니까. 그대가 기억해야 할 건 '구멍'일세."

"구멍?"

"어비스와 바깥을 잇는 구멍. 그대가 나온 곳 말고도 바깥 세계 곳곳에 그런 구멍이 있을 게야. 찾기 어렵지는 않을 걸세. 굉장히 큰 구멍이니까. 그대가 다시 돌아오고자 한다면, 어느 곳이든 상관없으니 그 구멍으로 떨어지면서……."

역천자의 손이 묵주 목걸이를 가리켰다.

"그것을 끊으시게. 그러면 길이 열릴 게야."

"당신은 아직 문을 열지 못한다고 하지 않았습니까?"

"나가는 문은 불가능하지만 돌아오는 문은 만들 수 있네. 그건 그리 어려운 일이 아니고, 이미 저 바깥은 어비스와 연결되어 있으니까. 우리도 그러지 않았나? 어비스에 들어오기는 쉬웠지만 나갈 수는 없었지."

검무희는 묵주를 몇 알 굴리면서 고개를 끄덕거렸다. 역천자는 검무희의 목에 묵주 목걸이가 걸리는 것을 보며 빙긋 웃었다.

"슬슬 되었군."

검무희는 고개를 들어 앞을 보았다. 작았던 틈은 어느새 두 팔을 벌린 것보다 넓어져 있었다.

"이리 오시게."

역천자가 검무희에게 손짓했다. 검무희는 마음을 가다듬으며 역천자의 곁에 섰다.

"문은 열렸네. 그대가 괜찮다면 지금 당장에라도 나갈 수 있네."

"……그럼, 바로 가겠습니다."

역천자를 믿어도 되는 걸까. 이 문이라는 것이 정말로 바깥과 연결되어 있는 걸까. 쭉 품고 있던 의심에 이제는 마침표를 찍어야만 했다.

검무희는 물러서지 않았다. 그녀는 역천자를 믿을 수 없었지만, 설령 그렇다 하더라도 이 문으로 나가야만 했다. 그래야만 그 백현이라는 남자를 만날 수 있을 테니까.

검무희의 발이 들려 앞으로 나아갔다.

"건투하시게."

역천자의 목소리가 등 뒤에서 들린다. 검무희는 뒤를 돌아보지 않고 계속해서 걸었다.

어느 순간, 강한 흡입력이 검무희를 빨아들였다. 검무희는 반사적으로 그 힘에 저항했지만, 이윽고 깨달을 수 있었다. 이건 저항 불가능한 힘이라는 것을.

버티는 것을 포기하자 검무희의 몸이 붕 떠올라 흡입력을 따라 안으로 빨려 들어갔다.

그때가 돼서야 검무희는 고개를 돌렸다. 문이 닫히고 있었다. 얇아진 틈 사이로 역천자의 눈동자가 웃는 것이 보였다.

어느새 역천자는 저 먼 뒤에 있었다.

빨려 들어가던 몸이 멈췄다. 검무희는 가득 찬 어둠 속을 유영하게 되었다.

그녀는 잠시 몸을 움직여 보았다. 이 무한한 어둠 속에서 올바른 길을 찾아야 했다.

검무희는 고개를 돌려 앞을 보았다. 뜨여진 심안이 혼돈을 본다. 혼돈이 흐르는 방향대로 몸을 움직였다.

그녀는 계속해서 흐름을 따라 나아갔다. 주변을 다시 살핀다. 이곳은 불쾌했던 역천자의 공간이나 어비스의 이면과는 전혀 달랐다. 불쾌하기만 하던 혼돈이 흐르는 공간인데도 조용했고, 안락했다.

심안으로 보는 흐름은 하나가 아니었다. 많은 흐름이 얽히고, 제각각의 방향으로 나아간다.

검무희는 두 눈을 가늘게 뜨고서, 자신이 따르는 흐름이 아닌 다른 흐름을 관찰했다.

혼돈이 서로 뭉쳐 몬스터로 변하고 있었다. 그런 흐름과 검무희 사이에는 아득한 거리가 있었다.

검무희는 저곳이 올바른 길이 아님을 알았다. 만약 저 흐름에 편승하게 된다면, 그녀는 역천자가 말한 대로 혼돈의 나락에 떨어지게 될 것이다.

올바른 길은 지금 검무희가 편승한 흐름이었다. 그녀는 확신을 가지고서 빠르게 앞으로 나아갔다.

'백현.'

그 이름을 확실히 기억하면서.

'당신은 우자가 누구인지 알고 있을까.'

손을 맞잡은 후로, 쭉 머릿속에 맴도는 이름.

'……당신은 내가 누구인지 알고 있을까.'

검무희가 아닌 나를.

'나는.'

검무희는 고개를 가로저었다.

그녀는 다른 누구도 아닌 검무희였다. 자신이 누구인가에 대한 의문을 가질 필요는 없었다.

'미혹을 끊기 위해 가는 것이야.'

검무희에게 미혹을 심은 것이 바로 백현이다. 그렇다면, 백현을 죽이면 이 미혹도 사라질 것이다. 사라져야만 했다.

"어우, 한국 빡세네."

서민식은 소매의 단추를 풀며 투덜거렸다. 그 맞은편에 앉아 다리를 꼬고 있던 백현은 피식 웃음을 흘렸다.

"야, 말은 바로 해야지. 스케줄을 빡세게 잡은 것은 너잖아."

"몇 달 동안 쉬었잖아. 원래 복귀 때 빡 힘을 줘야 돼."

단추를 다 푼 뒤에 목까지 채운 단추도 풀어버렸다. 그제야 서민식은 긴 숨을 내쉬며 등받이에 등을 기댔다.

백현은 서민식의 대답에 고개를 절레절레 저었다.

"네가 뭐 연예인이냐. 헌터잖아. 그런데 뭔 놈의 방송 스케줄이 이렇게 많아?"

"연예인이 별거냐? TV 나오고 유명하면 연예인이지. 그리고 임마, 내가 노래랑 연기는 겸손하고 솔직하게 못 한다는 거 인정하겠는데, 그래도 예능은 꽤 하거든? 헌터만 안 했어도 고정으로 들어갈 수 있는 프로가 몇 개인데."

"그럼 아예 은퇴하고서 예능이나 하지 그러냐?"

백현이 농담처럼 물어보았지만, 서민식의 대답은 돌아오지 않았다.

내려 보던 핸드폰에서 시선을 떼어 앞을 보았다. 남자 둘끼리 온 카페. 평일 오전의 한가한 풍경, 은은한 커피 향이 흐르는 카페의 일상에서 확연한 어긋남이 눈앞에 있었다.

"……뭐, 그것도 생각하기는 했지."

호센의 모습을 한 정령은 여전히 서민식의 곁에 있었다.

서민식은 조금 늦은 대답과 함께 웃었다.

"야 그래도, 예능 고정이 돈이 꽤 된다지만 헌터보다는 아니지. 방송 욕심이 없는 것은 아닌데, 해도 취미로 할 거야. 해도 좋고 안 해도 좋을 수준으로. 그러려면 일단 건물 좀 몇 개 사 놔야 하지 않겠냐?"

"얼씨구. 취미로 하겠다는 놈이 벌써부터 방송 스케줄을 이 따위로 잡아?"

"밑밥은 미리미리 뿌려놔야 하는 거야. 몇 달 만에 돌아왔으니 얼굴도장 좀 찍어둬야지. 가뜩이나 레벨도 밀렸는데."

서민식은 투덜거리면서 커피 잔을 들었다.

그건 어쩔 수 없는 일이었다. 서민식이 일본에 가 있던 시간은 거의 반년에 달하는데, 그동안 한 번도 어비스에 들어가지 않았다. 당연히 서민식의 레벨은 그대로였고, 다른 헌터들의 레벨은 올라갔다.

"레벨이야 올리려고 하면 쉽게 올릴 수 있는 것 아니야?"

"레벨도 없는 놈이 말은 참. 그거야 우리 템페스트 님이 알아서 해주시겠지."

서민식은 투덜거리면서 커피를 홀짝거렸다.

토크 쇼 출연을 위해 나가기 전, 조금 시간이 남는다며 오랜만에 단둘이 나왔다. 나왔다고 해봐야 아파트 근처의 프랜차이즈 카페지만.

백현은 조금 피곤해 보이는 서민식의 얼굴을 쳐다보았다. 메이크업 덕에 그리 티가 나지는 않았지만, 자세히 보면 눈 밑에도 다크서클이 제법 있었다.

"잠을 별로 못 잤나 봐?"

"어?"

"피곤해 보여서 그래."

갑작스러운 질문에 서민식은 두 눈을 끔벅거렸다.

꾸준히 꾸는 악몽은 익숙했지만, 익숙하다고 해서 숙면을 취할 수 있는 것은 아니었다.

"오랜만의 토크 쇼라서 긴장을 좀 했거든. 인터뷰야 나 혼자 떠드는 거고 웃음기 빼고 진지하게 해도 되는데, 토크 쇼에서 그럴 수는 없잖아. 개그도 신경 써야 하고. 그놈의 미담 때문에 감성도 좀 팔아야지. MSG도 적당히 치면서 말이야."

서민식은 자신이 꾸는 악몽을 백현에게 알리고 싶지 않았다. 당연히 병원에 갈 생각도 없었다.

이런 류의 일이라면 정신 병원을 가야 할 텐데, 그런 병원을 한 번도 가본 적이 없는 서민식으로서는 정신 병원이 꺼려질 수밖에 없었다. 또한, 아무리 신경을 쓴다고 해도 진짜 병원에 가버린다면 언젠가는 소문이 나게 된다.

그가 꾸는 것은 호른에서의 악몽이었다. 아니, 그게 전부는 아니었다.

서민식이 꾸는 악몽은 꿈이 아닌 현실이라 느껴질 정도로 또렷했지만, 그게 정확히 뭔지는 제대로 설명을 할 수가 없었다.

악몽 속에서의 그는 갈기갈기 찢기고, 불타고, 박살 났다. 대체 왜 그런 꿈을 꾸는 것인지 이유를 알 수가 없었다.

서민식이 악몽에 대해 백현에게 알리지 않듯이 백현도 비서에게 들었던 템페스트에 관한 이야기를 서민식에게 전하지 않았다.

아무리 생각해 봐도 서민식과 템페스트 사이에 연결 고리라 할 만한 것은 없다.

템페스트의 기원에서 서민식과의 연결 고리를 찾는 것보다는, 그다지 신빙성 없는 추측이랄 지라도 서민식이 템페스트의 취향이라 챙겨주는 것이 더 그럴싸하게 느껴졌다.

'그럴 리는 없겠지만.'

대화도 일절 통하지 않고, 죽음을 바라는 것이 아닐까 싶을 정도로 다른 신격과 싸움을 벌여대던 것이 템페스트다. 취향이야 다양하다지만, 그런 미치광이 신격이 서민식 같은 얼굴을 취향으로 삼을 것 같지는 않았다.

굳이 템페스트에 관한 이야기를 서민식에게 들려주지 않는 것은, 둘 사이에 연결 고리가 없다는 생각이 전부는 아니었다.

어쩌면 그 이야기로 템페스트가 자극될지도 모른다는 걱정도 있었다. 템페스트가 11차원과 마고에 대한 일을 어떻게 여기고 있는지는 모르지만, 괜히 과거를 들쑤셨다가 템페스트가 발작이라도 하면. 그 여파는 고스란히 서민식에게 돌아갈 것이다.

"요즘은 화천 안 가나 보다?"

"응?"

핸드폰으로 시간을 확인하던 서민식이 입을 열었다.

"화천 말이야. 화천 어비스. 오늘이 4월 마지막 날이잖아. 조금 있으면 정오니까 몬스터 쏟아져 나올걸."

"처음에야 갔었지. 거기 나오는 몬스터들이랑 놀기에는 내가 너무 세잖아."

"그건 그렇지. 몬스터들이 점점 강해지고 있기는 한데, 그만큼 헌터들도 늘어나고 강해지니까. 뽕 뽑았다 싶으면 후발주자한테 양보하는 게 맞는 거야. 너는 그냥 생태계 파괴자 같은 놈인 거고."

서민식은 그렇게 중얼거리면서 핸드폰을 가로로 돌렸다.

"뭐 보냐?"

"어비스 중계. 직접 가진 않아도 관심은 가져야지. 사고 터질 수도 있잖아. 산토리니처럼은 아니어도."

하, 새끼. 말의 끝에 작은 욕설이 덧붙었다.

"이석천 이 새끼도 참 대단한 새끼야. 아직도 화천 어비스 붙잡고 있잖아. 이 새끼 레벨이면 거기서 뭔 똥꼬 쇼를 해도 레벨 하나 오르지 않을 텐데."

"길드원들 쩔해주나 보지."

"그렇기는 하겠지만, 좀 적당히 해 먹어야지. 박준환 뒈지고 정수아도 예비 사도가 되고 난 후로 이석천이 다 해 먹고 있잖아."

“뭐 어때? 능력도 없으면 모를까, 능력은 되잖아. 오히려 저렇게 하는 게 자기 분수를 파악하고 급대로 노는 거지.”

백현은 시큰둥한 얼굴로 대답했다.

이석천과는 몇 번이나 만나보았다. 그는 딱 저 수준의 인물이었고, 백현은 그에게 아무런 감정도 관심도 가지고 있지 않았다. 기준에서 한참이나 떨어져 있는데 뭐 하러 관심을 가진단 말인가.

“정수아는 요즘 뭐 해? 잠수탄 지 몇 달 됐다던데.”

“군주의 영지에 가서 수행 중이야. 조만간 나오지 않을까 싶던데.”

사굴에 가서 정수아와 재생의 뱀을 만난 것도 몇 달 전이다. 재생의 뱀이 정수아에게 유독 엄해 보이기는 했지만, 그거야 정수아가 재생의 뱀이 직속이니 어쩔 수 없는 일이다.

재생의 뱀을 떠올리자 그때의 대화가 떠올랐다. 대리 만족. 백현은 피식 웃으면서 커피 잔을 어루만졌다.

다양한 군주를 만나보았지만, 재생의 뱀은 백현이 겪은 모든 군주를 통틀어서 가장 욕망적인 군주라 할 수 있었다.

그녀는 확실하게 자신의 유희를 최우선으로 두었고, 보다 재미난 유희를 추구하기 위해 백현에게 많은 것을 알려주었다.

만약 재생의 뱀이 아니었다면 백현이 어비스에 대해 알아가는 것은 굉장히 늦어졌을 것이다.

군주 본인이 아니고서야 어비스의 과거나 군주들에 대해서 누가 친절히 설명해 주었겠는가? 특히 타락한 신격들. 13 군주에 속하지도 않은 자들의 신명과 권능…….

'……?'

백현의 생각이 멈칫 굳었다.

선계에서 돌아와, 정수아와 재회하고. 재생의 뱀이 강신하고. 마룡왕을 포함해 혼돈에 삼켜진 신격들에 대해 묻고……. 재생의 뱀은 그들에 대한 대답을 해주었다.

마룡왕, 천존, 검무희, 유계의 방랑자, 헌드레드. 죽은 키마이라는 애당초 설명하지 않았다. 그런데, 그것을 감안해도 숫자가 여섯이다.

'뭐야?'

하나가 부족하다. 본래 어비스에서 날뛰던 신격은 20명이었다. 그중 7명이 혼돈에 삼켜졌는데, 재생의 뱀이 알려준 것은 6명뿐이다.

그때는 선계를 떠나 막 어비스에 돌아오기도 했고, 사라와 실랑이를 벌인 것과 그리스 어비스에서 튀어나와 사라진 천존에 대한 생각으로 눈치채지 못했었다.

'왜 말해주지 않은 거지? 재생의 뱀도 까먹었던 건가? 아니면…… 말해줄 만큼이나 대단한 존재가 아니어서?'

만약 그런 것이라면 재생의 뱀은 짧게라도 덧붙였을 것이다.

하지만 재생의 뱀은 그것마저 하지 않았다.

'그렇다면 의도적으로 숨기려 한 걸까?'

그것도 이해가 되지 않는다. 숨기고자 했다면 처음부터 그랬어야 했다.

자기가 직접 7명의 신격이 혼돈에 삼켜졌다고 했으면서, 왜 정작 설명할 때는 하나를 빼두었을까. 숨기려는 의도였다면 허술해도 너무 허술했다.

게다가 리스크가 너무 크다. 숨기려 한 의도가 간파된다면 백현은 재생의 뱀을 의심할 수밖에 없게 된다.

모든 것을 떠나서, 재생의 뱀이 한 명의 신격을 숨기려 할 이유가 있는가?

그 당시의 대화를 회상해 보았다. 재생의 뱀은 애초에 그 한 명의 신격을 배제하고서 백현의 질문에 대답해 주었다.

"뭔 생각하냐?"

골몰히 생각에 잠긴 백현을 보며 서민식은 고개를 갸웃거렸다.

백현은 고개를 들어 서민식을 쳐다보았다. 그는 어색한 미소를 지으며 고개를 저었다.

"별거 아냐."

"표정은 안 그래 보이는데."

그렇게 중얼거리기는 했지만, 서민식은 더 이상 캐묻지 않았다. 그는 다시 핸드폰을 내려다보며 말했다.

"59분이다. 슬슬 나오겠네."

"아직도 그거 보고 있냐? 어때, 이번에도 많이 모였어?"

"모인 헌터 대부분이 천왕 길드 소속이야. 다른 길드랑 헌터들도 좀 있는데…… 이번에도 천왕이 독식하겠지."

서민식은 마음에 들지 않는다는 투로 중얼거렸다.

"나온다."

"봐봐."

처음 어비스 몬스터 토벌에 참여했을 때도 회상해 볼 겸. 백현은 서민식의 옆에 바짝 붙어 앉았다.

헬기에서 촬영하는 카메라가 다양한 각도의 화면을 전송하고, 현장에 나간 리포터가 떠드는 목소리가 시끄러웠다.

정오가 되었다.

백현과 서민식은 입술을 닫고 핸드폰 액정을 들여 보았다. 그러고 있는 것은 백현과 서민식뿐만이 아니었다.

천왕의 독식이라고는 하지만 몬스터 토벌은 한 달에 한 번 볼 수 있는 이벤트다. 그렇기에 카페의 손님들, 심지어 알바생들까지. 자기들 핸드폰을 들여 보고 있었다.

하지만 몬스터가 나오지 않는다.

"……뭐야."

서민식이 중얼거렸다.

백현은 말없이 핸드폰 화면을 보았다.

헬기의 카메라가 당황의 기색이 역력한 헌터들의 모습을 비추었다. 리포터도 말까지 더듬었다.

그러다가.

어비스의 커다란 구멍에서 빛이 치솟았다.

몬스터들이 나올 적과는 전혀 달랐다. 한 줄기의 빛이 커다란 구멍 아래에서 솟구쳐 올랐다가, 헌터들의 앞으로 떨어졌다.

"……하나잖아."

백현은 자신의 심장이 뛰는 소리를 들었다.

스러진 빛 속에서 무언가가 몸을 일으킨다.

-몬스터…….

리포터의 중얼거림에 숨길 수 없는 공포가 섞인다. 카페 곳곳에서 숨 참는 소리가 들렸다. 서민식도 부릅뜬 눈으로 핸드폰 화면을 보았다.

세상은 이미 저런 일을 한번 겪어보았다. 그렇기에, 지금 무슨 일이 일어났는지도 잘 알고 있었다.

빛이 완전히 꺼진 뒤에 땅에 선 존재를 확실히 볼 수 있었다.

-×발.

리포터가 생방송인 것도 잊고서 욕설을 중얼거렸다. 카메라로 찍히는 화면이 덜덜 떨린다. 카메라맨은 공포를 느끼며 줌을 당겼다.

땅에 선 존재는 도저히 몬스터라고 할 수 없는 모습이었다. 흰 무복과 긴 백발. 창백한 피부. 사람과 똑같은 덩치.

이 거리에서는 키를 가늠할 수 없다. 하지만 그게 중요하지는 않다.

백현은 저 존재의 허리에 걸린 장검을 보았다.

헌터들은 움직이지 않는다. 카메라 화면만 덜덜 떨릴 뿐이다. 여자 역시 아무런 말도 하지 않았다.

그는 주변을 둘러보고, 자신의 몸을 내려 보았다. 이윽고 고개를 들어 하늘을 보았다. 헬기까지 들리지는 않았지만, 여자는 입술을 벌려 어떤 소리를 냈다. 입 모양을 보건대 감탄성인 듯했다.

그 뒤에 여자는 검을 뽑아서, 위에서 아래로 가볍게 휘둘렀다.

그게 끝이었다. 여자를 둘러싸고 있던 모든 헌터들이 비명 하나 내지 못하고 쓰러졌다.

"미친."

서민식이 중얼거렸다.

백현은 자신의 손을 내려 보았다. 꽉 쥔 주먹, 손톱이 손바닥을 파고들어 피를 흘리게 하고 있었다.

거짓 불멸성이 상처를 치유했지만, 주먹을 계속해서 쥔 탓에 피는 멈추지 않고 계속 흐른다.

백현은 저 존재가 누군지 알았다.

저런 존재는 한 명뿐이다.

"당신이 직접 올 줄이야."

백현은 쥐었던 주먹을 폈다.

지난번 검무희와 마주 잡았던 손바닥은, 피로 흠뻑 젖어 있었다.

To Be Continued

무공을 배운 자

목마 퓨전 판타지 장편소설

WISHBOOKS FUSION FANTASY STORY

무공을 배우다 10

목마 퓨전 판타지 장편소설

초판 1쇄 찍은 날 | 2020년 3월 13일
초판 1쇄 펴낸 날 | 2020년 3월 20일

지은이 | 목마
펴낸이 | 예경원

기획 | 위시북스
편집책임 | 이은송
편집 | 위시북스

펴낸곳 | 예원북스
등록번호 | 제396-2012-000132호
등록일자 | 2012. 7. 25
KFN | 제1-517호

주소 | 경기도 고양시 일산동구 호수로 646-24 위너스21II빌딩 206A호 (우)10401
전화 | 031-819-9431 팩스 | 031-817-9432
E-mail | yewonbooks@naver.com

ISBN 979-11-365-2084-5 04810
979-11-6424-342-6 (set)

※ 이 도서의 국립중앙도서관 출판시도서목록(CIP)은 서지정보유통지원시스템 홈페이지(http://seoji.go.kr)와 국가자료공동목록시스템(http://www.nl.go.kr/kolisnet)에서 이용하실 수 있습니다.